AF209151

Bibliografische Information der Deutschen Nationalbibliothek
Die Deutsche Nationalbibliothek verzeichnet diese Publikation in der Deutschen Nationalbibliografie; detaillierte bibliografische Daten sind im Internet über http://dnb.d-nb.de abrufbar.

Impressum:
© 2008 Michael Schwarz
Herstellung und Verlag: Books on Demand GmbH, Norderstedt
ISBN: 9783837074123

Umschlaggestaltung: Michael Schwarz

Der Rezessionsabsolvent

Ein Roman von Michael Schwarz

Danksagung

So ein Buch entsteht nicht von allein. Es gibt Menschen im Hintergrund, die ihren Beitrag leisten. Zuallererst möchte ich meine Freundin Sandra Conjer nennen, die immer für mich da ist.

Eva und Jochen Wiedemann, Markus Middendorf sowie Ulf Vatter waren strenge und dennoch motivierende Korrektur-leser.

Sonja Schmelter, Christian Barwig und Michael Klöckner stehen stellvertretend für alle, die mich nach meinem Debütroman um Nachschub gebeten haben. Voilà!

Selbstverständlich möchte ich den Konzernen, dem Mittelstand und den Startups der deutschen Wirtschaft für ihre wohl über-wiegend unfreiwilligen Beiträge danken. Dennoch sind Ähnlich-keiten mit real existierenden Unternehmen und Personen als zufällig anzusehen.

Über den Autor

Michael Schwarz, Jahrgang 1975, studierte in Karlsruhe Wirtschaftsingenieurwesen. Dort engagierte er sich für die Studierendenzeitung Ventil und leitete dieses Magazin von 1999 bis 2001 als Chefredakteur. Im Jahr 2002 erschien sein Debütroman „who feels love", in dem er das dramatische Paarungsverhalten im Umfeld des Männerüberschusses an einer technischen Universität beschreibt.

In „Rezessionsabsolvent" begleitet er den Charakter Bodo Leiter auf der Jobsuche.

Hauptberuflich geht er einer ehrlichen Arbeit in der Metall- und Elektroindustrie nach.

24.06. Jetzt geht's los

„Nein, danke! Kein Interesse", sagte ich zu dem leicht geschniegelten Typen, ohne ihm zugehört zu haben. Ich kannte ihn zwar nicht, doch ich wusste genau, was er wollte: Mich. Meinen Namen, meine E-Mail, meine Telefonnummer, meine Adresse. Das wollte er. Doch ich hatte keinen Bock, ihm das alles zu geben. Ich war gewarnt, schließlich wusste ich von meinen Kommilitonen, wie es dann weitergehen würde: Ich werde von ihm angerufen, und er lädt mich ein. Zum Bewerbertraining. Da wird dann anfänglich ein wenig über die richtige Aufbereitung von Bewerbungsunterlagen und Fangfragen in Vorstellungsgesprächen gefaselt.

Anschließend, und nun kommt der Haken, wird in aller Ausführlichkeit die Produktpalette des eigenen Hauses vorgestellt. War nämlich ein Finanzdienstleister, der sich hinter dem leicht geschniegelten Typen verbarg. Die Krawatte hatte er weggelassen, vielleicht um sich mit uns Studenten auf eine Stufe zu stellen. Das Sakko musste sein, weil es sein Chef wohl wollte. Mit einem Clipboard bewaffnet hatte er hier in der Mensa seinen Hinterhalt aufgebaut, und er wollte zu einer Werbeveranstaltung im Sinne der guten alten Kaffeefahrt einladen.

Wenn ich dann dieses Bewerbertraining besucht hätte, würde er mich ein weiteres mal anrufen. Immer wieder. Solange, bis ich ein gut verdienender, gemachter Mann war, der dann hoffentlich alle Versicherungen bei der geschniegelten Firma abschlossen hat. Am besten im Rund-um-sorglos-Paket, damit mir die Kontrolle über die einzelnen Produkte und Preise fehlt. Erst wenn ich mich selbst entmündigt hätte, würde ich nicht mehr angerufen werden. Nein, danke! Kein Interesse. Und meinen Job, den finde ich ohne fremde Hilfe!

Aus seiner Sicht der Dinge hatte der Typ seinen Job gut gemacht und mich richtig eingeschätzt. Tatsächlich war ich ein frisch gebackener Hochschulabsolvent, ein sogenannter High-Potential. Erst letzte Woche hatte ich den Vortrag, in dem ich meine Diplomarbeit den Gelehrten und Interessierten vorstellt hatte, gehalten und in der anschließenden Diskussion sämtliche Fragen in souveränster Manier gemeistert. Jetzt lag mir die

Welt zu Füßen: Schließlich hatte ich ein Wirtschaftsingenieurdiplom einer der besten deutschen Universitäten, der
Technischen Hochschule Karlsruhe, in der Tasche. Was sollte
schon schief gehen? Außerdem, ich hatte nie das Problem,
eine Arbeit zu finden: Seien es die Aushilfstätigkeit während der
Sommerferien, meine Zivildienststelle oder meine Nebenjobs
und Praktika als Student. Spätestens im dritten Versuch bekam
ich einen Job. Immer. Kann mir irgend jemand einen schlüssi-
gen Grund nennen, weshalb ich mich auf das Angebot zum
Bewerbertraining hätte einlassen sollen? Welches ich mir teuer
mit den zu erwartenden nervigen Anrufen erkaufen müsste?
In sicherer Entfernung zu dem Sakko-Wegelagerer wartete ich
auf Ben, um mit ihm eines meiner letzten Mensaessen einzu-
nehmen. Vielleicht erzählte ich ihm, dass ich – im Gegensatz zu
ihm – nicht den Fehler gemacht hatte, mich freiwillig bei dem
Finanzdienstleister mit den drei Buchstaben auf die Fahn-
dungsliste zu setzen. Sollte mir dieser Lerneffekt gar die Einladung zum Espresso danach wert sein?
Weiterhin sah ich mich ein wenig vor, denn es könnte sein,
dass der geschniegelte Versicherungsfuzzi nicht alleine auf die
Jagd ging. Manchmal wurden er und Seinesgleichen von jungen Frauen unterstützt, die arglose Studenten freundlich lä-
chelnd und unter Zuhilfenahme ihres vielversprechenden Au-
genaufschlags unvermittelt ansprachen. Fast schon ein Fall für
Ede Zimmermanns „Nepper, Schlepper, Bauernfänger": Ehe
man zur Erkenntnis gekommen war, dass etwas faul sein
musste, wenn man aus heiterem Himmel derart professionell in
ein Gespräch verwickelt wurde, war es meist zu spät, und man
hatte sich selbst verkauft: Schneller als man schauen oder
denken konnte, waren sämtliche persönlichen Daten auf den
Clipboards der Damen notiert. Doch heute war er der einzige,
und er quatschte weiterhin Leute an. Trotz der permanenten
Zurückweisungen büßte er nichts von seinem Perlweißlächeln
ein.
Während ich auf Ben wartete, blickte ich teilnahmslos in das
Foyer der Mensa. Da waren die Studentenmassen, die wie in
einem Ameisenhaufen umherirrten, ein paar Auslagen mit Gra-
tisheftchen und Flyern für die nächste Party, der Verkaufsstand

für die Mensachipkarten und die LED-Anzeigentafel, die über das aktuelle Essensangebot aufklärte. Auf einmal wurde mir bewusst, wie viel sich verändert hatte, seit ich mit meinem Studium begonnen hatte. Früher fehlte diese LED-Tafel, auf kleinen DIN-A-4-Zetteln, die an den Säulen hingen, stand der Speiseplan. Statt der Chipkarte hatte ich mit Essensmarken hantiert. Damals, als ich angefangen hatte. Inzwischen erwartet man, dass die Unikarte Studi- und Bilblioheksausweis, Semesterticket und Mensachipkarte in sich vereint. Wie die Zeit vergeht. Ich komme mir vor wie ein Opa, den man belächelt, weil er schon wieder von seinem ersten Auto erzählt. Und richtig, die Studenten sind auch fast alle deutlich jünger als ich. Bevor ich mir nun allerdings alt vorkam, sah ich Ben, der mich entdeckt hatte und auf mich zuschritt.

„Was wird denn nun aus Brasilien?" bohrte Ben.
Mittlerweile saßen wir beim Espresso danach auf den Bierbänken im Mensahof, und wir ließen uns die Sonne auf den Pelz scheinen.
„Weißt ja, wie es von meiner Seite aussieht: Mein alter Herr sponsert mir einen ordentlichen Urlaub, sobald ich einen Job in der Tasche habe. Demnächst geh ich an das schwarze Brett des Instituts, an dem ich meine Diplomarbeit gemacht habe. Vielleicht ist da was Ansprechendes dabei."
„Hast du dich noch nicht informiert, was der Arbeitsmarkt derzeit hergibt?"
„Nö, wann denn? War total im Stress mit meiner Diplomarbeit: Fertig stellen, drucken, binden lassen, Vortrag vorbereiten, Vortrag halten. Hast ja letztes Jahr selbst die komplette Chose mitgemacht."
„Bei mir war aber klar, dass ich an der Uni bleibe und wissenschaftlicher Mitarbeiter werde. So langsam sollte ich wissen, wann genau ich meine vier Wochen Urlaub nehmen soll. Außerdem müssen wir uns noch um ein paar Angelegenheiten kümmern, Impfungen und so. Weißt du, ob man für Brasilien ein Visum braucht?"
„Oder sollen wir hier bleiben? Wenn ich mich so umschaue…"

Gleichzeitig hatten Ben und ich zwei junge Damen entdeckt. Sie trugen sowohl ihre Körper als auch ihre sommerliche Kleidung spazieren und stöckelten quer über den Platz, um auch gut gesehen zu werden. Ben ließ sich jedoch nur kurz vom Thema abbringen.

„Ich mein' es ernst. Gestern hat mein Prof. gefragt, wer von seinen Miarbeitern wann seinen Urlaub plant."

„Oder wir machen doch die Woche Malle, da gibt's diese freundlichen Erscheinungen am Fließband," warf ich ein.

„So langsam sollte ich mich auf etwas verlassen können."

Eigentlich war Ben ok. Ein prima Kumpel, mit dem ich schon einiges erlebt hatte. Aber ein wenig störte es mich schon, dass er von seiner Flexibilität eingebüßt hatte. Vor einem Jahr, als er noch selbst studierte, war das komplett anders. Gut, ich musste wohl akzeptieren, dass man als ordentlicher Arbeitnehmer, der er mittlerweile war, mehr Vorlauf für Entscheidungen brauchte.

„Morgen muss ich übrigens noch in die Provinz. Mein Vater hat mir ein Vorstellungsgespräch bei einem seiner alten Kumpels aufs Auge gedrückt. Wenn ich davon zurück bin, gehe ich ins Reisebüro. Mal sehen, was die an Infos zu Brasilien zu bieten haben. Dann wissen wir schon mehr."

25.06. Landluft

Spätestens als ich orientierungslos in einem heruntergekommenen Hof stand, war mir bewusst, dass ich hier nichts verloren hatte. Was ich bisher gesehen hatte, genügte, um einen von der Großstadt verwöhnten Twen, also mich, in eine Lebenskrise zu stürzen. Nach zwei Stunden Eisenbahnfahrt mit Komfort wie zu Großmutters Zeiten war ich in einem kleinen Städtchen auf der schwäbischen Alb angekommen. Zu meinem Entsetzen musste ich feststellen, dass am Bahnhof weder Taxen bereitstanden noch Busse fuhren, schließlich waren Schulferien. Dank eines vergilbten Stadtplanes in einem angerosteten Schaukasten konnte ich meinen Weg einigermaßen ausmachen, zweieinhalb Kilometer durch das Städtchen in ein Industriegebiet. Immerhin, dies gestattete mir weitere Einblicke in das örtliche Provinzleben. Drei Beispiele gefällig?

Erstens: Ein Kino, das täglich insgesamt vier Vorstellungen von Filmen anbot, die mittlerweile auf DVD erschienen waren.

Zweitens: Der Schaukasten des lokalen Fußballvereins, dessen Mannschaftsfoto eine Lanze für den in Verruf geratenen Oberlippenbart brechen wollte.

Drittens: Die „sensationelle" Ankündigung des Fahrradhändlers, jetzt auch Mountainbikes im Angebot zu haben.

Dennoch – ich hatte diesen Termin bei Norbert, und der war schließlich ein alter Freund der Familie. Aber jeder durfte diese Situation schon einmal im Leben mitgemacht haben: Man hat einen Termin und weiß nicht so recht, wo man genau hin muss. Es fehlen Schilder oder andere Orientierungshilfen, und alle Menschen am Tatort kümmern sich nur um sich selbst. Am liebsten möchte man schnurstracks den Rückzug antreten, weil man sich fehl am Platz fühlt. In diesem Hof, da waren diese paar Fenster, durch die mattes Licht nach außen schien. Mit etwas Anstrengung konnte ich ein paar Türen, die mögliche Eingänge darstellten, ausmachen. Doch anstatt einladend offen zu stehen, gar mit einem Firmenschild gekennzeichnet zu sein, erweckten sie den Eindruck, dass man draußen immer noch besser aufgehoben war als drinnen. Historisch schätzte ich das Entstehungsjahr dieses Anwesens auf 1926, die Blütezeit der deutschen Industrie in den Goldenen Zwanzigern. Weshalb die Baumaschinen hier im Hof standen, war ebenso unklar: Sollten sie hier eine Generalsanierung durchführen, oder sollten sie die Landschaft von diesem schändlichen Anwesen befreien? Zusätzlich fröstelte mich dieses trübe Islandtief, welches den Medien nach auf den Namen Hans hören sollte, und ich wünschte mich vier Stunden zurück in mein warmes Bett.

Vielleicht sollte ich ein paar Worte über Norbert verlieren. Ich kenne ihn schon ewig, schließlich war er ein Studienfreund meines Vaters. Besonders als Kind freute ich mich immer besonders, wenn er uns besuchen kam. Denn mit ihm konnte man ziemlich gut Quatsch machen, er war irgendwie anders als die anderen Erwachsenen. Der Begriff Kindskopf ist wohl treffend. Meine Mutter hingegen fand ihn schrecklich: zu hemdsärmelig und zu primitiv, weshalb der Kontakt im Laufe der Jahre eingeschränkt wurde. Ich erinnere mich noch genau daran, als wir ihn das letzte Mal besuchten: Auf der gesamten Rückfahrt ließ sich meine Mutter über den Zustand seiner Wohnung aus – seit Wochen war nicht Staub gesaugt worden, und die Tassen für den Kaffee hatte er vor unseren Augen erst abspülen müssen. Ich, als Elfjähriger, fand es natürlich klasse, denn ich durfte alles. Norbert hatte keinerlei Angst um seine Sachen, ich durfte alles anfassen, alles ausprobieren und mit allem spielen. Meine Mutter vermisste die ordnende Hand einer Frau, bemerkte aber zugleich mit weiblicher Ironie, die leicht als Sarkasmus verstanden werden konnte, dass Norbert auch keine finden würde. Jedenfalls nicht, solange er Körperhygiene als Zeitverschwendung betrachtete.

Als zwei Arbeiter in Blaumännern durch eine der Türen ins Freie traten, wollte ich mich in meiner Rat- und Hilflosigkeit nicht zu erkennen geben und peilte mit vorgetäuschter Entschlossenheit eben jene Türe an. Immerhin bestand der begründete Verdacht, dass dahinter menschliches Leben existierte, und vielleicht auch die Geschäftsräume der Firma Alboplast. So hieß Norberts Klitsche, die Kunststoffisolierungen und Überzüge für Handwerkzeuge herstellte. Historisch betrachtet solides deutsches Handwerk, doch ich fragte mich, weshalb so ein Laden nicht schon längst in der Ukraine stand.

9

Auch wenn die karge Neonbeleuchtung meine Hoffnungen trübte, so waren immerhin summende Geräusche von Maschinen zu vernehmen. Mein Problem hatte sich allerdings noch nicht gelöst, sondern nur von draußen nach drinnen verlagert. Wohin musste ich? Was sollte ich tun?

Es erfordert einigen Mut, eine Tür zu öffnen, wenn man nicht weiß, was sich dahinter verbirgt. Heizungsraum oder Geschäftszimmer mit laufender Besprechung? Empfang oder Automatencafeteria? Nicht einmal die Art der Türen ließ gezieltere Vermutungen zu, denn alle waren sie die gleichen schweren Stahltüren. Auch das Anhalten von Atem und Lauschen hatten mir keine neuen Informationen verschaffen können.

Als ich mich dann für eine dieser Türen entschieden hatte, öffnete ich sie mit dem Glauben an ähnliche Erfolgschancen wie beim Aufdecken der Streichholzschachtel eines vietnamesischen Hütchenspielers im Herzen Berlins. In dem Raum, in dem ich nun stand, arbeiteten gut 20 Leute an schlecht ausgeleuchteten Tischen. Einige blickten auf und begannen mich zu mustern.

„Sän Sie dr Herr Leidr, der heit an Termin beim Chef hot? I ben d Frau Häberle, i breng Sie zom Chef."

Irgend jemand schien mit mir geredet zu haben und auf den Namen Häberle zu hören. So viel hatte ich mitbekommen. Suchend hatte ich umhergeschaut, und dann einen wackelnden Fleischkloß entdeckt, der auf mich zukam, „Grüß Gottle"-sagend meine Hand drückte und sich, schneller als ich zu reagieren in der Lage war, an mir vorbei in den Gang schob.

„Kommet Sie grad mit!"

Frau Häberle ging voran. Die Bewegung ihres Körpers strengte sie hörbar an, sie schnaufte wie ich nach dem siebten Klimmzug. Weil sie zudem einen flotten Schritt an den Tag legte, musste sie mit den Armen rudern, um ihr Gleichgewicht zu halten. Ich lief ihrem flotten Schritt hinterher. Dies wiederum ermöglichte mir einen Blick auf ihre baumstammdicken Beine, deren Haare durch die Strumpfhose nach außen pieksten. Dennoch, sie machte einen äußerst liebenswerten Eindruck auf mich. Sie bringt bestimmt einmal pro Woche selbstgebackenen

Kuchen mit, unterstellte ich ihr, mit allem, was die heimische Streuobstwiese gerade hergibt.

„Hän Sie a guate Fahrd ghabt?"

Mit etwas Verzögerung konnte ich ihre akustischen Signale schwäbischer Natur inhaltlich auflösen. Artig versicherte ich ihr, dass alles problemlos geklappt hatte.

„Ond Sie hän gard ferdig studiert? Nah kenned Sie sich au mit denne Kombiudr aus? Do sucht dr Chef nämlich grad dringend ebbr."

Dass ich hinter Frau Häberle lief, hatte den Vorteil, dass sie mein Gesicht nicht sehen konnte. Ich weiß nicht, ob die gute Seele es nicht vielleicht doch persönlich genommen hätte, wenn sie mein vor lautlosem Lachen verzerrtes Gesicht erblickt hätte. Immerhin ließ sie mich mein Entsetzen über den Zustand des Anwesens vergessen. Denn was draußen begonnen hatte, setzte sich innen dahingehend fort, dass Gänge mit Spanplatten abgetrennt waren oder in regelmäßigen Abständen Rattengift ausgelegt war. Ein Stück Ukraine im Süden Deutschlands? Jedenfalls war es mit absoluter Sicherheit nicht meine Welt. Ich war anderes gewohnt. Meine Welt bestand aus sauberen Laboren, Computerräumen mit modernen Rechnern und Büros mit abgewischten Schreibtischen. Sorge bereitete mir nur, wie ich dies Norbert und meinem Vater beibringen sollte. Ich fühlte eine gewisse Verpflichtung, wenn sie mir schon ein Jobangebot organisierten.

„So, doh isch jetzd s Büro vom Chef. Härr Schneidr, der jonge Härr wär jetzd doh! Brauched Sie mi noh?"

„Danke Frau Häberle. Hallo Bodo, schön dich zu sehen. Komm rein!"

Auch wenn mich Frau Häberle nicht hergeführt hätte, Norbert hätte ich gleich wiedererkannt. Seine Frisur hatte er in Anlehnung an Günter Netzer seit den 70er Jahren nicht geändert, und wie früher hatte er keine Schuhe an. Er war kein Öko oder so, er zog sie nur immer bei der erstbesten Gelegenheit aus. Wegen der Schweißfüße, wie er ohne Scham offen zugab. „Noch nie einen Fuß gesehen?", war sein Satz, wenn ihn Leute deshalb irritiert anschauten.

Ich fühlte mich sofort wieder wohl bei Norbert, und wir plauderten gemütlich: Über meinen Vater, meine Mutter, und ob sie meinen alten Herrn nach wie vor so gut im Griff habe. Als er dann auf meinen Vater zu sprechen kam, nutze er die Gelegenheit zum Übergang auf das Geschäftliche.

„Dein Vater hat mir gesagt, dass du nun mit dem Studium fertig bist. Wirtschaftsingenieur, Hut ab! Dennoch, er macht sich wohl ein paar Sorgen und hat mich gefragt, ob ich dich nicht bei mir in der Firma unterbringen könnte."

An dieser Stelle machte er eine Pause, und ich kam mir vor, als ob er Richter sei und ich auf seine Gnade angewiesen bin. Schon komisch, dachte ich. Widerwillig bin ich hergekommen, weil mir mein Vater dieses Gespräch arrangiert hatte. Noch vor zehn Minuten wäre ich noch am liebsten umgekehrt. Im Prinzip hätte es mir doch recht sein können, wenn mir Norbert einen Job anbieten würde. Mein Leben würde geordnet weiter gehen, und ich könnte nach meiner Rückkehr sofort mit Ben einen Flug buchen.

„In der Tat brauche ich einen fähigen jungen Mann. Vergiss, was du von der Firma gesehen hast! Hier wird was aufgebaut! Hast du draußen die Maschinen gesehen?"

Norberts Augen leuchteten auf und er begann wild zu gestikulieren.

„Nächsten Montag fangen die an, den Westflügel dieser alten Industriebaracke, ja, ich sage Baracke, komplett neu zu machen."

Im letzten Augenblick wich ich seiner Hand aus. Eine Fliege hatte es wohl erwischt.

„Was du noch nicht wissen kannst, weil es dein Vater auch noch nicht weiß: Ich habe seit vier Monaten einen Kompagnon. Der hat ein Patent auf dem Kunststoffsektor in der Hand, das ist die reinste Lizenz zum Gelddrucken. Er bringt das moderne Know-How, und ich habe die Erfahrung im Markt, die nötigen Kontakte und eine fähige Belegschaft. Was mir fehlt, ist jemand, der sich hier um die EDV kümmert. Dein Vater sagt, du könntest das machen?"

Ich wusste nicht, worüber ich mehr schlucken sollte. Zum einen hatte ich Norbert noch nie so enthusiastisch erlebt, wenn es um

Geschäftliches ging. Wo war seine Gemütlichkeit, die ich so schätzte? Sein Eifer wirkte, da so ungewohnt, schon beinahe bedrohlich auf mich. Zum anderen hatte mich mein Vater mit Eigenschaften angepriesen, die ich in dieser Form nicht hatte. Klar, ich habe gewisse Kenntnisse am Rechner, doch in einer Firma die komplette EDV in die Hand nehmen? Trockener Informatikerkram, der mich langweilen würde? Dann auch noch hier, auf dem Land?

„Bodo, von der Kohle her kann ich dir auch ein interessantes Angebot machen. Da wir gerade im Umbruch sind, kann ich dir zwar kein allzu großes Gehalt bieten. Aber vergiss nicht, hier auf dem Land sind die Lebenshaltungskosten viel geringer! Unterm Strich hast du genauso viel wie jemand, der den gleichen Job in einer Großstadt macht. Dafür hast du hier eine Zukunft! In drei Jahren, wenn das Patent voll einschlägt, kannst du das Dreifache haben!"

Norbert hörte sich nicht nach Norbert an. Vielmehr erkannte ich eine Person, die wie Norbert aussah, aber das sagte, was mein Vater an gleicher Stelle sagen würde. Junge, es ist zu deinem Besten! Hör auf mich!

Ich atmete tief durch. Widerwillig war ich hergekommen, und das, was mir angeboten wurde, klang für mich nicht sonderlich attraktiv. Schließlich wollte ich nicht nur mit Nullen und Einsen arbeiten, sondern auch etwas geistig Ausfüllendes machen. Außerdem lebte ich im Hier und Jetzt. Jetzt wollte ich anfangen, Geld zu verdienen, und nicht erst in drei Jahren. Und das nicht in diesem Dort, einem schwäbischen Provinzkaff, sondern in meinem Hier, und das war unumstößlich eine attraktive deutsche Großstadt. Wie würde Norbert reagieren, wenn ich ablehnte? Allein aus Fairness müßte ich ablehnen. Denn für den EDV-Job gab es geeignetere Kandidaten als mich, das konnte ich auch offen zugeben. Da war jeder FH- oder BA-Student im Fach Wirtschaftsinformatik deutlich besser qualifiziert. Und mein Vater? Würde er mir einen Strick daraus drehen? Dass ich seine Bemühungen nicht zu schätzen wüsste? Dass ich ihn enttäuschte? Ich brauchte noch mehr Mut als vorhin, als ich orientierungslos umherirrte.

„Norbert, was du mir anbietest, weiß ich zu schätzen. Aber es wird nichts. Weißt du, ich glaube, mein Vater hat ein wenig übertrieben, als er meine Computerkenntnisse gelobt hat. Sorgen machen muss sich um mich niemand. Ich kenne keinen, der mit mir studiert hat, im letzten Jahr fertig geworden ist und keinen Job bekommen hat. Wenn du willst, kann ich dir trotzdem weiterhelfen. Was hältst du davon, wenn ich an der FH und BA einen Aushang für dich anbringe? Die Leute können das, was hier zu tun ist, besser als ich."

Ich schaute Norbert fest in die Augen und versuchte herauszufinden, ob er denn von mir jetzt enttäuscht war. Sollte seine Begeisterung in Wut oder Zorn in gleicher Ausprägung umschlagen, wäre mit allem zu rechnen. Immerhin verweigerte ich ihm meine direkte Hilfe, und ich fragte mich, ob mein Trostangebot für ihn groß genug war. Vielleicht ließ er mich absichtlich zappeln, denn seine Antwort brauchte einige Momente bis zur Reife.

„Bodo, das ist ok. Ich glaube, in deinem Alter würde ich auch nicht hier gestrandet sein wollen. Dir steht die Welt offen. Das solltest du nutzen."

Nun war er doch wieder der alte verständnisvolle, gutmütige, liebe Onkel, und das fand ich sehr beruhigend.

„Ist es dir recht, wenn ich deinem Vater sage, dass ich dir doch kein Angebot habe machen können? Ich werde mich schon rausreden können, und zur Not schiebe ich es auf meinen Kompagnon."

Norbert war nicht das Problem, auch wenn er meinem Vater versprochen hatte, ihm einen Gefallen zu tun.

25.06. Entronnen

Als ich in dem schwäbischen Provinzstädtchen endlich den Zug bestiegen hatte, fühlte ich mich deutlich erleichtert. Um dem Tag etwas Positives abringen zu können, steuerte ich zurück in der großen Stadt als erstes einige Reisebüros an und deckte mich mit Prospekten und Katalogen zu Südamerika im Allgemeinen und Brasilien im Speziellen ein. Ich war hellauf begeistert und geriet sofort ins Schwärmen: Sonne und Strand, Caipirinhas und Copacabanaschönheiten weckten in mir das sofortige Verlangen in einen Flieger zu steigen. In Brasilien, da schien alles farbenfroh und bunt zu sein, leuchtend und fröhlich, ganz im Gegensatz zu unserem Deutschland an so einem trüben Tag, der laut Kalender den Sommer einläuten sollte. Richtiges Ausland, mit anderen Geldscheinen, die höchstwahrscheinlich das Konterfei eines korrupten Präsidenten zeigten und viele überflüssige Nullen enthielten. Ich wollte mich mal wieder richtig reich fühlen, wenn ich an das Geldscheinbündel in meiner Hosentasche dachte. Wie wohl der Wechselkurs war? Gab man in Brasilien das Geld hunderter- oder tausenderweise aus? Ich wusste es nicht. Jedenfalls kein Euro, der verschwimmen lässt, ob man sich nun in Holland, Irland oder Österreich ein schlecht gezapftes Bier hinter die Binde kippt.
Brasilien! Dieses großartige Land, gepaart mit meiner Neugier und Abenteuerlust, das würde ein grandioses Erlebnis werden! Mit einem klapprigen Fernbus, der nur dreimal wöchentlich fährt, durch prächtigen Landschaften! Der Geruch von unbekanntem Essen und in jeder Stadt Sambarhythmen hier und dort – Tage und Nächte, die nie zu Ende gehen! Dazu noch Uhren, die völlig anders als in unserer Zivilisation ticken: Sauberes Wasser – bei uns eine Selbstverständlichkeit. Und dort? Keine Ahnung! Mein Entdeckergeist in mir meldete seine Bedürfnisse an. Unmengen von Landstrichen sollen noch nie von einem Menschen betreten worden sein. Richtige Natur, Wälder, die nicht bewirtschaftet werden und kilometerweit keine andere Menschenseele. Wie ein Entdecker wollte ich mich fühlen. Vielleicht noch das eine oder andere Mal in ein Stadion gehen und mit mehr als 100.000 anderen technisch perfekten Fußball

bestaunen? Meine Schwelgerei wurde jäh unterbrochen, als das Telefon klingelte.

Mein Vater war dran, und der Inhalt des Gesprächs ist schnell zusammengefasst. Natürlich wollte er wissen, wie es bei Norbert war und ob ich den Job bekommen beziehungsweise angenommen hätte. Entgegen Norberts Vorschlag, dass er behauptet, mir kein Stellenangebot machen zu können, teilte ich meinem Vater leichtfertig mit, dass ich abgelehnt habe. Es folgte eine Gardinenpredigt. Ich sei zu wählerisch, hielt er mir vor, man könne im Leben nicht immer nur Ansprüche stellen. Außerdem sei es nur zu meinem Besten, wenn er seine Kontakte spielen ließe. Mein Einwand, dass ich für diesen Job auch nicht entsprechend qualifiziert sei, entgegnete er mit dem Vorwurf, was ich denn während meines Studiums überhaupt gemacht hätte. Ob ich denn gar nicht danach geschaut hätte, was von einem Akademiker heutzutage verlangt wird. Dieser alte Panikmacher! Ich verstand nicht, weshalb er solch einen Trubel veranstaltete. Auf seine anprangernde Frage, wie ich mir die Zukunft vorstellte, antwortete ich, dass ich mir morgen die Aushänge an der Uni anschauen würde. Schließlich gab es an dem Institut, an dem ich meine Diplomarbeit geschrieben hatte, ein schwarzes Brett, das Jobangebote für Absolventen parat hielt. Morgen würde ich das machen, heute hatte ich schon genug getan.

26.06. Konfusion

Gestern noch hatte ich mir vorgenommen, heute ein wenig früher als sonst aufzustehen, schließlich wollte ich mich an der Uni um die Jobangebote kümmern. Doch mein latenter Vorsatz, früher als üblich zu Bett zu gehen - ich hegte ihn schon seit längerem - blieb latent. Zuerst hatte ich, durch Trägheit bedingt, bis elf fern gesehen. Anschließend wollte ich eigentlich nur noch kurz ins Internet gehen, um meine E-Mails zu lesen. Naja, als ich mich dann von der vernetzten Welt trennte, war es halb drei.

Ich stand dann gegen zehn auf, und um elf steuerte ich mein Institut an. Auf dem Weg dorthin dachte ich noch einmal an das Telefonat mit meinem Vater und daran, dass es gut war, mein wahres Motiv zu verschweigen. Er war ohnehin schon sauer, dass ich den Job bei Norbert nicht angenommen hatte. Dass ich hauptsächlich bloß nicht in die poplige Provinz wollte, hätte er niemals als Grund akzeptiert. Dazu predigte er mir viel zu viel von Flexibilität und wechselnden Anforderungen. Aber ich würde es ihm schon zeigen. In spätestens zwei oder drei Wochen werde ich das eine oder andere Angebot haben, und dann wird er seine Brieftasche öffnen und mir, wie abgemacht, meine Brasilienreise spendieren.

Ich betrat den schlichten Betonbau, in dem mein Institut untergebracht war. Eine Putzfrau bearbeitete mit einem sperrigen, summenden Gerät den Kunststofffußboden und es roch nach Reinigungsmitteln. Ich umschiffte die Putzfrau und ging auf mein Ziel zu. An der Wand vor mir prangte ein riesiger Glaskasten mit allerlei Aushängen. Vorlesungen, Übungen und Tutorien wurden angekündigt, ebenso zwei Exkursionen und einige Seminare. Sogar die Ankündigung meines Diplomvortrags lächelte mir noch entgegen: Cand. Dipl. Wi-Ing. Bodo Leiter – Ein Benchmark über die Werbeschlagwörter europäischer Energieversorger auf deren Internetpräsenzen. Damit hatte ich mich gut ein halbes Jahr beschäftigt und mir den ersten akademischen Grad erworben.

Aber wo waren die Jobangebote? Aufgeschlüsselt nach Praktikanten, Diplomanden und Absolventen? Ich fand sie nicht.

Prüfend musterte ich die Aushänge ein zweites Mal, systematisch von links nach rechts und von oben nach unten. Als ich sicher war, dass hier nichts zu finden war, steuerte ich das Sekretariat an. Weil ich die Verhältnisse kannte, ging ich ohne zu klopfen schnurstracks und außerhalb der offiziellen Sprechzeiten hinein.

„Guten Morgen Frau Thanner!"

„Ah, guten Tag Herr Leiter! Lassen Sie sich doch noch einmal bei uns blicken! Wie geht es Ihnen? Wissen Sie schon, wie es bei Ihnen weiter geht?"

„Noch nicht so ganz, aber deshalb bin ich auch hier. Frau Thanner, wo sind denn die Jobangebote? Eben habe ich draußen geschaut und nichts gefunden. Hängt diese Tafel inzwischen woanders?"

„Nein, die hängt nicht woanders. Wir haben derzeit leider keine Angebote. Traurig, aber wahr. Seit ich hier arbeite, und das sind mittlerweile 24 Jahre, war das noch nie der Fall. Wie es aussieht, wird das aber auch für eine Weile so bleiben. Der Alte hat in der nächsten Zeit keine Termine bei Firmen, bei denen sich etwas ergeben könnte."

Der Alte, das war mein Professor. Wir im Institut nannten ihn so, allerdings ohne ihn damit abzuwerten. Auf der einen Seite ein komischer Kauz, auf der anderen Seite schwer in Ordnung. Als ich ihm vorgestellt hatte, worüber ich meine Diplomarbeit schreiben wollte, war er sofort begeistert. Nicht, weil ihm das Thema zusagte, sondern weil er mein Engagement schätzte und selbst neugierig war, was man aus diesem Thema machen könnte. Letztendlich hatte er meine Leistung mit einer 1,7 bewertet.

Doch jetzt war ich deutlich verwirrt. Keine Jobangebote? Das konnte doch nicht sein! War hier irgendwo eine versteckte Kamera, und würde gleich irgend ein Semiprominenter um die Ecke kommen und mir erklären, dass ich demnächst bei einem zweitklassigen Privatsender zu sehen sei?

Oder aber hatte sich der Alte mit seinen Kontaktpersonen in der Wirtschaft überworfen? Wohl kaum.

Zum ersten Mal dachte ich an das Thema Arbeitslosigkeit. Ein Thema, das ich bisher immer verdrängt hatte, weil es für mich nicht relevant zu sein schien.

Arbeitslos, das sind die anderen, glaubte ich immer. Die, die von der Hauptschule kommen, bestenfalls so gut Deutsch können wie Erkan und Stefan. Weil Arbeit für Geringqualifizierte ins Ausland verlagert wird und man diese Leute hier kaum noch braucht. Die werden arbeitslos. Vielleicht noch ein paar ab 50, die sich schwer tun im Umgang mit den neuen Medien, oder die körperlich nicht mehr so ganz in Schuss sind. Die werden arbeitslos. Doch nicht ich! Schließlich bin ich jung, ungebunden und ein Hochschulabsolvent! Ein A-K-A-D-E-M-I-K-E-R!!! Gut, von den Lehramtsstudenten wusste ich auch, dass es in der Vergangenheit ein paar Engpässe auf dem Bewerbermarkt gab. Aber Lehrer, das waren für mich sowieso Warmduscher, die nur scharf auf die 15 Wochen Ferien waren. Denen konnte es demnach nicht so viel ausmachen, gar nicht zu arbeiten. Die werden vielleicht arbeitslos.

Ich hingegen habe Wirtschaftsingenieurwesen studiert, und das noch in Karlsruhe. Ich bin doch Humankapital der Handelsklasse A! Damit hatte man uns doch während des ganzen Studiums gepeitscht: Die Klausur wird hart, aber das sind eben die Ansprüche hier! Das gehört dazu, zu einem Studium in Karlsruhe! Nur dieses Gefühl, zu einer privilegierten, geistigen Elite gehören zu können, machte die Lernerei erträglich und ließ uns noch einmal ganz kräftig die Zähne zusammenbeißen.

Seitens der Unternehmen wurden wir auch als geistige Elite behandelt und regelrecht hofiert: Einige Unternehmensberatungen veranstalteten Infoveranstaltungen in Verbindung mit einem Segelkurs in Südfrankreich oder einem Geländespiel in Schottland – nur um sich bei uns bekannt zu machen! Wir waren wer! Nun nicht mehr?

Sollte mein Studium mit all seinen Mühen ganz umsonst gewesen sein? Sollte der Scheck, den man uns fünf Jahre lang unter die Nase gehalten hatte, am Ende nicht gedeckt sein?

28.06.: Online

Dass mir mein Job nicht in den Schoß fallen würde, war mir klar. Kein Unternehmen, kein Personalchef würde bei mir aus heiterem Himmel anklopfen und mir eine Stelle anbieten. Wie denn auch, die mussten erst einmal wissen, dass es mich gab, und dass ich etwas konnte. Also beschloss ich, via Internet die Adressen von einigen großen Firmen ausfindig zu machen, und denen meine Unterlagen zuzuschicken. Da ich davon überzeugt war, gut zu sein, schien es mir nur eine Frage der Zeit, bis man mir die Bude einrennen würde. Na ja, das ist jetzt vielleicht ein wenig übertrieben, doch auf meinen Eintrag im Absolventenbuch hin habe ich immerhin vier Zuschriften bekommen, die mich leider nicht die Bohne interessierten: Alle waren von Pharmavertretern.

Als Akademiker neigt man zum systematischen Vorgehen. Deshalb überlegte ich mir zuerst, welche Firmen für mich als Arbeitgeber in Betracht kamen. Bei einem Dax-Unternehmen konnte man nicht viel falsch machen, dachte ich. Das ist wie ein Markenartikel, der für Qualität bürgt. Zudem sind dort einige Energieunternehmen vertreten, ich konnte also gleich einen Bezug zu meiner Diplomarbeit herstellen. Andererseits, jedes Unternehmen ist mittlerweile im Internet präsent, und alle machen Marketing und Werbung. Im Prinzip konnte ich zu allen Unternehmen einen Bezug herstellen. Meine Liste mit Firmen wurde länger und länger. Anschließend wollte ich im Internet die Adressen dieser Unternehmen herausfinden, am besten mit namentlich genanntem Ansprechpartner für Recruitingangelegenheiten. Dann wollte ich meine Unterlagen zusammenstellen und diesen Leuten auf dem Postweg zukommen lassen. Das konnte doch nicht falsch sein, und ich dachte kurz daran, dass ich nie im Leben ein Bewerbertraining brauchen werde.

Ich betrachtete es als äußerst erleichternd, dass alle Firmen ihren Namen und entweder ein .de oder ein .com als Internetadresse besitzen. So konnte ich sie in Nullkommanichts finden. Weniger dankbar war ich über den teils komplizierten oder verwirrenden Seitenaufbau. Nicht selten brauchte ich mehr als fünf

Minuten, bis ich endlich eine Postanschrift ausfindig gemacht hatte. Und das ich, der sich monatelang mit nichts anderem als Internetseiten beschäftigt hatte!

Als ich dann entdeckt hatte, dass Firmen auch Bewerberformulare online zur Verfügung stellten, war ich sehr zufrieden. Immerhin blieb mir so das Schreiben einer Bewerbung im klassischen Sinn und das Porto für den dicken Umschlag erspart. Andererseits wurde meine Begeisterung gedämpft, als sich diese Formulare als unübersichtlich oder nicht auf meinen Ausbildungsverlauf zutreffend herausstellten. Erst recht war ich verärgert, als ich eines dieser Formulare fast komplett ausgefüllt hatte, dann aber die Verbindung zum Server abgeschmiert war und ich wieder von vorne anfangen musste. Durch diese Widrigkeiten verlor ich die Lust und erlaubte mir, an dieser Stelle aufzuhören. Immerhin hatte ich mir eine Hand voll Adressen rausgeschrieben, und im einen oder anderen Fall gab es auch eine konkrete Stelle, die besetzt werden musste und im Großen und Ganzen meiner Qualifikation entsprach. Nach eigenem Empfinden hatte ich mir eine Pause verdient und belohnte mich mit einem kleinen Stadtbummel einschließlich Cafébesuch unter freiem Himmel.

Ich lehnte mich zufrieden zurück, schloss meine Augen und ließ mich von den Sonnenstrahlen kitzeln. Das Leben konnte so schön sein, und wie würde es wohl erst in Brasilien sein! Gut, vorher musste ich noch etwas zu Ende bringen, meine Jobsuche eben.

Schon merkwürdig: Da studiert man gute fünf Jahre, weiß im Prinzip genau, wie alles weitergehen wird, und dann, wenn man es geschafft hat, steht man mit dieser Ungewissheit da. Nach dem Abitur trifft man eine Entscheidung und legt sein Leben für fünf Jahre, das Studium eben, fest. Hinterfragt hatte ich die Wahl für meinen Studiengang nie, dafür lief es alles in allem zu gut. Ab und zu hatte ich kleinere Probleme, aber die hatte jeder. Also erfüllte ich die Auflagen eines Planes. Semester für Semester besuchte ich die entsprechenden Vorlesungen, absolvierte meine Prüfungen, bis mein Studium komplett beendet war. Erst dann tauchten Fragen auf, die ich bisher verdrängt oder nie gestellt hatte: Wann und wo würde es wie weitergehen? Vielleicht hatte ich sie nie gestellt, weil ich mit meinem Dasein als Student zufrieden war. Jetzt aber wollte ich diese Fragen möglichst schnell klären, damit ich mir meinen Traum vom Süden erfüllen konnte.

Das „Wann?" stellte ich mir zum 1. Oktober oder zum 1. November vor. Das „Wo?" war mir im Prinzip egal. Ich war ledig, konnte also überall hin ziehen. Nur eben bitte nicht aufs Land. Die Firma oder die Branche waren mir auch egal, schließlich bezahlten alle in Euro. Mein Talent und meine Qualifikation hatte ich staatlich bescheinigt. Ich stellte mir mein Diplomzeugnis wie einen mittelalterlichen Brief mit adeligem Siegel vor, das Tür und Tor öffnete. Nicht nur die Sonne ließ mich zufrieden grinsen, als ich in Gedanken schwelgte. Die Stimmen der anderen Leute um mich herum blendete ich vollkommen aus, und die Bilder aus den Brasilienreiseführern zogen wie ein Kinotrailer an meinem geistigen Auge vorbei.

Nach einem Schlenker zur Post, wo ich Briefmarken kaufte, war ich wieder zu Hause und fertigte meine Bewerbungsschreiben an. Anschreiben, Lebenslauf, Abi-, Vordiplom- und Arbeitszeugnis meines Praktikums sowie Notenzusammenstellung aus dem Hauptdiplom und vorläufige Abschlußbescheinigung. Sieben große Umschläge hatte ich nun vor mir liegen, und ich war stolz auf mich. Sieben deshalb, weil ich noch genau so viele Passfotos hatte.

Man sollte keinesfalls unterschätzen, wie viel Zeit es in Anspruch nimmt, eine Bewerbung zu schreiben. Pro Anschreiben etwa eine halbe Stunde, dann die kopierten Unterlagen zusammenstellen, alles kontrollieren, noch mal das Anschreiben durchlesen, noch mal kontrollieren, ob man es auch unterschrieben hat, und abschließend eintüten und Briefumschlag mit Anschrift und Absender versehen.

Umgehend brachte ich meine Sachen zum nächsten Briefkasten und malte mir aus, wie sich meine Unterlagen wie Enterhaken in den Personalabteilungen festsetzten und ich spätestens nächste Woche angerufen und zu Vorstellungsgesprächen eingeladen würde. Es dämmerte bereits und ich dachte, dass dies ein richtig anstrengender Tag gewesen war, als ich die Umschläge durch den Schlitz des Briefkastens steckte. Etwa zwei Stunden hatte ich im Internet verbracht, und dann über fünf Stunden darauf verwendet, die Briefe fertig zu machen. Alles in allem ein kompletter Arbeitstag.

Ich hatte meine Pflicht erfüllt und konnte nun abwarten, wie die Samen, die ich gestreut hatte, aufgehen würden. Ich rief Ben an, um mich mit ihm für ein paar Bierchen zu verabreden. Immerhin war Wochenende, da hatte auch er Zeit, länger auszugehen.

28.06. Geld, Gold und Glück

In der Tat hatte Ben Zeit und Lust auszugehen. Wir genossen den lauen Sommerabend in einem Biergarten unserer Wahl. Schon komisch, vor drei Jahren hatten wir, wenn nicht gerade Klausuren anstanden, bei ähnlicher Gelegenheit ausschließlich über Fußball oder Frauen gesprochen. Und jetzt, wie uncool, redeten wir über die Wirtschaftslage, Jobs, Zukunft, Geld und Karriere.

Ben hatte zu Hause noch den Katalog der letzten Firmenkontaktmesse gefunden und mir mitgebracht. Diese Veranstaltung fand vor etwa zwei Monaten in der Sporthalle unserer Uni statt, und ich war damals mitten im Diplomstress, weshalb ich diesen Weg der Kontaktaufnahme mit möglichen Arbeitgebern nicht besonders forciert hatte. Zumal der Ablauf der Gespräche auf Kontaktmessen dieser Art aus Studentensicht meist nicht sehr befriedigend ist.

Da schicken die Konzerne aus der ganzen Republik für viel Geld eine Abordnung ihrer Leute an eine Uni, um sich der Arbeitnehmergeneration von morgen zu präsentieren. Als Student, der ein Praktikum, eine externe Diplomarbeit oder den ersten Job sucht, nimmt man dieses Angebot gerne wahr, verspricht sich einiges und geht auf die Unternehmensvertreter aktiv zu. Sie sehen alle aus wie dieser Versicherungstyp, der in der Mensa auf Menschenfang geht, und sie sind genauso stinkfreundlich. Sie freuen sich aufrichtig, wenn man Interesse an ihrem Unternehmen zeigt und darüber hinaus noch mit einer Portion spezifischem Detailwissens aus der aktuellen Wirtschaftspresse glänzen kann. Doch sehr bald kommt man sich wie in einer Amtsstube vor, denn weder hat einer von irgend etwas eine Ahnung noch eine Zuständigkeit, wenn die eigenen Fragen konkret werden. Zwar wird einem gesagt, ja, wir wollen in diesem Jahr ca. 200 Absolventen einstellen, überwiegend diese oder jene Fachrichtung. Sobald man aber mit dem eigenen Einzelfall aufwartet, wird das Gespräch schwammig. Zu oft hört man dann Sätze wie „Da müssen Sie sich an Herrn oder Frau Soundso wenden", „Konkret kann ich Ihnen leider nichts sagen", „Ihre Unterlagen, zeigen Sie sie mal kurz her, aber es ist eh besser, wenn Sie die an unsere zentrale Bewerberstelle schicken" oder „Auf unserer Internetseite können Sie sich online bewerben".

Meiner Erfahrung nach besteht der einzige Nutzen darin, dass man die Bewerbung mit dem Firmenkuli unterschreiben kann, den man als kleine Aufmerksamkeit mit nach Hause nehmen darf.

Die Informationen, die man in einem Gespräch zwischen Tür und Angel oder Stehenbleiben und Weitergehen erhält, kann man zudem leichter im Katalog zu dieser Messe nachlesen. Dort waren alle Firmen mit Kennzahlen zu Branche, Umsatz, Standorten, Einstellungsbedarf und Einstiegsgehältern aufgelistet. Ich fand Bens mütterliche Fürsorge, mit der er mir diesen Katalog gab, fast schon rührend. Ob er mir zum nächsten Geburtstag eine Pudelmütze schenken wird, damit ich mich nicht erkälte, wenn ich zur Arbeit gehe?

Unser Gespräch drehte sich mittlerweile um die Einstiegsgehälter. Für Leute wie uns lagen sie zwischen 40.000 und 50.000 Euro, die auf mich wie Phantasiesummen wirkten.

Bisher hatte ich für 8 Euro in der Stunde als Hiwi gejobbt, und ich wunderte mich darüber, dass meine Arbeitskraft von heute auf morgen, nur durch den Titel Diplomwirtschaftsingenieur, das Dreifache mehr wert sein sollte. Schließlich würde ich keinen Schalter umlegen können und auf einmal dreimal so effektiv arbeiten. Ist man als Hiwi unterbezahlt, oder ist man als Berufseinsteiger überbezahlt? Da ich mich in der Vergangenheit nicht ausgebeutet gefühlt hatte und zukünftig sogar Nutznießer dieser Umstände sein würde, konnte ich mich damit sehr leicht abfinden.

Komisch fanden wir die Preisstaffelungen: Elektrotechniker bekamen dies, Juristen das, Maschinenbauer etwas weniger, und Informatiker derzeit am meisten. Dabei hatten alle eine von Dauer, Anstrengung und Niveau vergleichbare Ausbildung hinter sich. Warum wurde eine vom Aufwand vergleichbare Qualifikation unterschiedlich honoriert?

Kann man den Wert eines Menschen am Gehalt festmachen? Ist ein Informatiker mehr wert als ein Physiker? Marktwirtschaftlich betrachtet offenbar ja.

Denkt man dies konsequent zu Ende, so widerspricht der Arbeitsmarkt unserem bundesdeutschen Grundgesetz, welches die Gleichheit aller Menschen garantiert. Doch manche arbeiten ihr Leben lang für einen Stundenlohn von weniger als 10 Euro, wir hingegen sind doppelt so gleich und starten unser Berufsleben mit mehr als 20 Euro. Gut, dafür beginnen wir den Lebensabschnitt des Geldverdienens 10 Jahre später, und dieser Unterschied mag durch die zeitliche (und elterlicherseits finanzielle) Investition in die Ausbildung erklärbar sein. Müsste aber unter Bedingungen des vollkommenen Marktes der Kapitalwert des Lebensverdienstes eines engagierten Hochschulabsolventen und der eines ebenfalls engagierten Handwerkers nicht gleich sein? Wie fair sind in unserer Gesellschaft die Löhne unter der Annahme, dass alle den gleichen Einsatz bei der Arbeit zeigen? Das Modell des vollkommenen Marktes sagt, dass sich (Lohn-)Unterschiede ausgleichen werden, indem es für eine Handwerker attraktiv wird, doch zu studieren. Oder gleichen die fast zehn Jahre, die ein Handwerker länger im Erwerbsleben steht, dieses Lohngefälle aus? Stellt der Gradient des Lohngefälles die Triebkraft dar, Engpässe auf dem Arbeitsmarkt auszugleichen? Oder ist der mögliche Verdienst nur ein untergeordnetes Kriterium, wenn sich ein junger Mensch für eine Ausbildung, ein Studium und die Fachrichtung entscheidet? Sind nicht vielmehr Interessen und Prägung des Umfeldes in dieser Frage entscheidender, und man hat schlichtweg Glück oder Pech, ob man letzten Endes einen mehr oder minder gut dotierten Job bekommt?

Der, die, das, wieso, weshalb, warum - wer nicht fragt bleibt dumm! Wir als Akademiker wirtschaftswissenschaftlichen Hintergrunds (nicht etwa als Kommunisten, auch wenn wir viel von Gleichheit und Gerechtigkeit sprachen) hatten keine passenden Antworten parat.

Vielleicht waren wir nur blauäugig und noch nicht in der Realität angekommen, obwohl wir nach aktueller Lebenserwartung bereits ein Drittel hinter uns hatten. Wie anders waren die Gesetze der Theorie in ihrem Erscheinungsbild in der Praxis?

Verwundert stellten wir fest, dass wir mit Sicherheit nur bestätigen konnten, dass sich unsere Ansprüche an einen Samstagabend verändert hatten. Wir gingen gegen ein Uhr nach Hause, statt wie früher noch bis um fünf durch die Clubs zu tingeln.

14.07. Abwarten und Bier trinken

Das Unangenehme am Bewerbungsprozess ist, dass man nach spätestens zwei Stunden sein Tagwerk vollendet haben kann und dennoch komplett an das eigene Zuhause gebunden ist. Das Gefühl von Freiheit stellt sich kaum ein. Schließlich kann jeden Tag der Brief mit der Einladung zum Vorstellungsgespräch kommen, ebenso kann jede Minute das Telefon klingeln. Um diese Chancen nicht zu verpassen, war ich dazu verdammt, meine Zeit totschlagen. Was hatte ich denn schon zu tun? Ab und an im Internet die Jobbörsen verfolgen, vielleicht mal wieder bei der einen oder anderen Firma direkt auf der Webseite nachschauen, das war es dann aber auch schon. Gut, nächsten Samstag, das hatte ich mir vorgenommen, würde ich mir zusätzlich die FAZ kaufen, die angeblich den größten Stellenmarkt für Akademiker haben sollte. Alles in allem war meine Bewerberei über die Woche betrachtet kein Fulltimejob.

Statt der ersehnten Einladungen hatte ich bisher eher durchwachsene Rückmeldungen auf meine Bewerbungsschreiben erhalten. Vier Firmen hatten mir meine kompletten Unterlagen direkt zurückgeschickt, mit netten Briefchen, die mir meine unabstreitbare Qualifikation bescheinigten. Aber dennoch waren alle Unternehmen derzeit nicht in der Lage, mir eine adäquate Position anbieten zu können, dafür müsste ich leider Verständnis aufbringen.

Knapp gescheitert, dachte ich. Jedenfalls hörten sich die Sätze trotz der schlechten Botschaft sehr angenehm an und machten mir Mut. Indirekt bestätigten sie mir doch vielmehr meine außerordentliche Qualifikation, und ich hatte den Eindruck, dass genau ich der nächste Mitarbeiter gewesen wäre, hätten sie nur eine Stelle mehr zu besetzen gehabt.

Zwei weitere Firmen antworteten nicht mit einem Din A4 Umschlag, sondern mit einem kleinen im DIN Lang-Format. Meine Unterlagen würden geprüft werden, ich müsste noch etwas Geduld aufbringen. Aha, da machten die Damen oder Herren, die zu entscheiden haben, wohl gerade den Urlaub, auf den ich mich selbst freute.

Die Antwort auf das siebte und letzte meiner Bewerbungs-schreiben, die ich neulich in die Welt entsandt hatte, über-raschte mich am meisten. Denn es zeigte mir eine Variante im Personalauswahlprozess, die ich bisher noch nicht bedacht hatte. Nächste Woche Donnerstag, genauer um 9:30 Uhr, wollte man mit mir ein Telefoninterview durchführen. Wäre ich zu dieser Zeit verhindert, sollte ich mich melden.

Der Sinn meines Lebens war nun, auf den Donnerstag der nächsten Woche zu warten. Ich fragte mich, was ich bis dahin tun sollte. Ein paar weitere Bewerbungen schreiben? Dagegen sprach, dass dieser Aufwand umsonst sein könnte, nämlich genau dann, wenn ich diesen Job bekäme. Dafür sprach, dass ich mit mehreren Angeboten an der Hand selbst eine Auswahl treffen könnte. Außerdem waren meine Unterlagen, die ich mühsam zusammengestellt hatte, in vierfacher Auswahl zu-rückgekommen und konnten demnach wiederverwendet wer-den. Irgendwo hatte ich einmal gehört, dass man im Bewer-bungsprozess die Strategie „5 offen" fahren sollte. Dies bedeu-tete, dass mindestens 5 mal eine Firma mit einer Reaktion an der Reihe sein sollte. Kommt eine Absage, so soll diese durch eine neue Bewerbung ersetzt werden. Doch wieso sollte eine so allgemeine Regel für einen diplomierten Wirtschaftsingenieur aus Karlsruhe gelten? Man war doch nach anerzogenem Selbstverständnis etwas viel besseres als der gemeine Durch-schnitt.

15.07. Im Bilde

Der Zustand, in dem mir meine Unterlagen zurückgeschickt wurden, bot Anlass zur Verärgerung. Zum einen hatten die Briefträger die Umschläge geknickt, zum anderen wurden meine Papiere von mir unbekannten Personen der Firmen durch Anfassen mit Fettfingern in Mitleidenschaft gezogen. Schlimmer noch: Von vier Passfotos waren drei unbrauchbar geworden. Kurzum, ich brauchte neue Bilder von mir, wollte ich auf die nächste Runde Bewerbungen schreiben vorbereitet sein.

Vielleicht doch nicht, denn unter meinem Bett befand sich eine Schuhschachtel mit Unmengen an Fotos, und einige davon zeigten auch mich. Im Suchlauf flog ich durch die letzten Jahre meines Lebens und legte ein Bild genau dann zur Seite, wenn es mich groß und deutlich zeigte. Am Ende hatte ich etwa 20 Bilder zur Auswahl. Dann fielen die weg, bei denen fremde Hände auf meinen Schultern lagen oder zwei fremde Finger in Hasenohrmanier über meinem Kopf standen. Blieben noch 14. Nun entfernte ich diejenigen, die mein Gesicht unvollständig, verschattet oder mit roten Augen zeigten. Da waren es nur noch neun.

Von diesen neun hatten sechs einen ungünstigen Hintergrund wie beispielsweise ein Gewürzregal oder ein McDonald's-Zeichen in unmittelbarer Nähe meines Kopfes. Letztendlich hatte ich drei Fotos zur Auswahl. Ich schnappte mir eine Schere und fing an, mich im 4 cm x 5 cm-Format auszuschneiden. Doch die drei Bilder mit meinem Konterfei stellten mich nicht zufrieden. Entweder war ich dann doch zu klein abgebildet, oder mit desinteressiertem Blick oder von Partynachwehen gezeichnet. Ich hatte drei vormals passablen Aufnahmen meiner selbst vernichtet und eine Stunde Zeit verloren, jedoch die Erkenntnis gewonnen, dass echte Passbilder professionell gemacht werden sollten, sei es nun im Automaten oder von einen Fotografen.

Weil ich es in die Innenstadt näher hatte als zum Bahnhof, entschied ich mich dekadenterweise für den Fotografen. Im Schaufenster war auch gleich ein geeignetes Angebot aufgeführt: Sechs Bewerbungsfotos zum Preis von 19 Euro. Das kam mir ein wenig teuer vor. Auch der Unterschied zwischen Passfotos (hier kosteten deren vier nämlich nur sieben Euro) und Bewerbungsfotos war mir nicht klar. Sei's drum, dachte ich mir und betrat den Laden. Eine Lichtschranke löste ein Summen aus, welches die Ankunft von Kundschaft signalisierte.

„Schönen guten Tag, ich hätte gerne Bewerbungsfotos!"

Der Fotograf war Mitte Vierzig und gerade aus seinem Hinterzimmer gekommen.

„Als was möchten Sie sich denn bewerben?"

Zuerst dachte ich, ob er mit mir eine Runde „Was bin ich?" spielen wollte, weil mir die Frage überflüssig vorkam.

„Als Wirtschaftsingenieur", entgegnete ich stolz.

„Möchten Sie einen Termin vereinbaren?", fragte er mich, und ich begann, mich ein wenig auf den Arm genommen zu fühlen. Ich war hergekommen, um eine Leistung zu empfangen und dafür zu bezahlen. Hatte er heute schon genug Umsatz gemacht?

„Geht es denn nicht jetzt?"

„Die meisten sind der Ansicht, sich für das Foto so zu kleiden, wie sie dann auch später zur Arbeit gehen werden."

Arschloch, dachte ich, meinte ihn, und wusste zugleich, dass es doch ich war, über den ich mich hätte ärgern sollen. Geblendet von der Sommersonne war ich in khakifarbenen Shorts und rotem Kappa-T-Shirt losgezogen.

„Wann können Sie mir denn einen Termin anbieten?"

„Wir können die Bilder auch jetzt machen. Hemd und Krawatte kann ich Ihnen ebenfalls anbieten."

Auch wenn ich anscheinend nicht der erste und einzige war, der dermaßen blauäugig hier hereingeschneit kam, war es mir peinlich. Immerhin, Hemd und Krawatte wirkten konservativ klassisch und schienen fachmännisch ausgewählt zu sein. Der Schlips war bereits vorgebunden, ich musste ihn nur über den Kopf stülpen und die Schlinge zuziehen. Dann reichte mir der Fotograf noch sein Sakko, und ich setzte mich auf den Hocker vor der Kamera. Als die Blitze zuckten, lächelte ich seriös wie ein Nachrichtensprecher und dachte daran, dass die im Sommer ja auch nur oberhalb der Tischkante korrekt gekleidet sind.

17.07. Kuck mal, wer da spricht

Inzwischen war ich ein fester Freund privater Fernsehanstalten geworden. Meine aktuelle Lebensaufgabe verlangte keinen allzu großen zeitlichen Einsatz, und mein persönliches Umfeld bestand aus Menschen, die weit weniger Freizeit hatten. Im Gegensatz zu einem Rentner war meine Phase ohne feste Aufgabe nur vorübergehender Natur, so dass ich nach etwas suchte, das ich nach Belieben wieder aufgeben konnte. Dies glaubte ich in der Glotze gefunden zu haben. Vormittags wechselte ich zwischen Wiederholungen von Talkshows und Kochsendungen, nachmittags zwischen Gerichtssendungen und Serien, die ich bereits vor zehn Jahren gesehen hatte. Weil sich die Menschheit ihrer Zeitmessung nach aktuell in einem ungeraden Jahr befand, konnte die Aussicht weder auf Olympische Spiele noch auf eine Fußballweltmeisterschaft auf größere Abwechslung hoffen lassen.

Unterbrochen wurde dieses Dahindümpeln im Sommerloch vom täglichen Gang zum Briefkasten und einem Mensabesuch zur Mittagszeit, richtig befriedigend war dies allerdings nicht. Ich kam mir vor wie ein verkanntes Genie, das so langsam in Richtung Wahnsinn abzudriften drohte. Vor zwei Tagen hatte ich auf höchst peinliche Art und Weise überprüft, ob mein Telefon überhaupt angeschlossen war, nur um sicher zu stellen, dass es funktionierte, falls Firmen anriefen.

Heute sollte eine anrufen, für 9:30 Uhr war ein Telefoninterview anberaumt. Für einen Studenten war ich ungewöhnlich früh aufgestanden, bereits um 8:00 Uhr hatte ich gefrühstückt. Die verbleibende Zeit nutzte ich zum Saubermachen. Dann legte ich die Nevermind von Nirvana ein, ein geeigneter Soundtrack, um ein wenig Hanteltraining zu betreiben.

Kurt Cobain war kaum verklungen, da bewies mein Telefon seine Funktionsfähigkeit und klingelte. Es war ein Personaler der Firma, die sich angekündigt hatte.

„Herr Leiter, sie sind bei uns in der engeren Wahl. Im nächsten Schritt geht es uns darum, Sie als Persönlichkeit kennenzulernen. Aus ihren Unterlagen geht hervor, dass sie ihre Diplomarbeit über Internetauftritte von Großkonzernen geschrieben haben. Was hat Sie denn gerade zu diesem Thema bewogen?"

Klar war ich zu Anfang nervös, denn ich wusste überhaupt nicht, was mich erwartete. Der Personaler wirkte sehr nett und ruhig, und seine konkreten Fragen machten es mir leicht, ins Gespräch zu finden. Ich erzählte von meinem Studium, meinen Seminararbeiten und eben, wie verlangt, von meiner Diplomarbeit. Dass die Internetpräsenz eine Visitenkarte ist, die jeder anonym einsehen kann und deshalb in der heutigen Zeit weit mehr zum Unternehmensimage beiträgt als jeder Geschäftsbericht, dessen Leserschaft meist auf einen kleinen Personenkreis beschränkt bleibt. Ich war mitten dabei, die Klassen von Schlüsselworten zu erklären, die ich in meiner Analyse gebildet hatte, da schepperten meine Boxen los. Binnen einer Sekunde wusste ich, was passiert war. Damals, Anfang der 90er, waren Nirvana besonders innovativ und hatten ihre CD mit einem Hidden Track veröffentlicht. Vorhin, als ich mein Training abgeschlossen hatte, hatte ich vergessen, den CD-Player komplett auszuschalten, so dass jetzt eben dieser Hidden Track in mein Telefoninterview platzte. Ich weiß, dies zeugt nicht sehr von Professionalität, und ich versuchte, mir die Schuld für die Situation gar nicht erst aufzuladen.

„Hey, Martin! Mach sofort die Musik leiser, ich telefoniere! Und es ist wichtig!"

Ich hämmerte an die Badezimmertür meiner Einzimmerwohnung und drehte die Musik auf eine Lautstärke, die leise genug war, dass ich mit meinem Gespräch fortfahren konnte.

„Bitte entschuldigen Sie! Mein Mitbewohner dachte, er wäre allein in der Wohnung!"

Der Firmenvertreter war weit weniger entrüstet als ich gedacht hatte. Hörbar amüsiert erzählte er mir sogar, wie erfrischend er es fand, gelegentlich auf recht merkwürdig gepolte Anrufbeantworter zu treffen, die angeblich zum Kreiswehrersatzamt Nairobi gehörten. Wie weit er selbst vom studentischen Lebensalltag entfernt war, konnte ich nicht beurteilen, doch insgesamt, so glaubte ich, hatte mir der Vorfall einige Sympathien eingebracht. Selbst wenn nicht, so blieb doch mein Name in Verbindung mit einem Ereignis, das er so schnell nicht vergessen würde. Nach ein paar „Wenn dann"-Frage-Antwort-Spielchen teilte er mir mit, dass der positive Eindruck meiner Unterlagen bestätigt sei, und dass ich im nächsten Schritt zum persönlichen Gespräch eingeladen werde. In den nächsten Tagen bekäme ich einen Brief mit einem Terminvorschlag.

Na also: Der Tag startete äußerst positiv, und wir waren rechtzeitig vor „Franklin" fertig.

24.07. Der richtige Anzug

Ein wenig komisch kam ich mir schon vor, so in meinem Anzug. Oft hatte ich ihn noch nicht getragen, nur bei den entsprechenden Familienfeiern wie Konfirmationen oder Hochzeiten. Auch wenn die Statistik sagt, dass zehn Bewerbungen zu einem Vorstellungsgespräch führen, möchte ich dahingestellt sein lassen, ob man ein Vorstellungsgespräch nun als feierlichen Anlass bezeichnen darf. Außerdem, ich hatte mich in diesem Fall auch nicht direkt beworben. Vielmehr kam es zu einem überraschenden Anruf in Verbindung mit meinen Eintrag im Absolventenbuch, der mir diesen Termin bescherte, und der sich noch vor die zweite Runde der Firma mit dem Telefoninterview drängelte.

Vielleicht kam ich mir auch deshalb komisch vor, weil ich mit meinem Anzug in der Mensa saß. Schließlich lag Fasching lange zurück und ich war der einzige, der hier so adrett erschien: Blaues Businesshemd, dezent dunkelblaue Krawatte, Hose mit Bügelfalte und Sakko passen nicht wirklich zu diesem Ambiente aus verbogenen Gabeln und kalten Nudeln auf einem Tablett mit eingeformten Schüsseln. Alle anderen sahen so aus wie ich hier im Sommer auch immer ausgesehen hatte: T-Shirt, kurze Hose und Trekkingsandalen, natürlich ohne Socken. Die studentische Uniform.

Ich kam mir beobachtet vor, aber wenn ich die Leute, von denen ich glaubte, beobachtet zu werden, gezielt anschaute, fiel mir nichts auf. Vielleicht hielt man mich für einen Gastdozenten. Wahrscheinlich kam ich mir beobachtet vor, weil ich selbst Leute im Anzug bisher immer als karrieregeil und über Leichen gehend abgestempelt und dementsprechend gemustert hatte. Missachtend gemustert, selbstredend. Mich schien niemand zu mustern.

„Habe nachher noch ein Vorstellungsgespräch", hatte ich vorhin, fast schon entschuldigend, zu Ben gesagt, bevor ich „Hallo" gesagt hatte und er auch nur die geringste Chance hatte, mich zu begrüßen. Von Anfang an wollte ich ihm den Wind aus den Segeln nehmen, bevor sich sein möglicher Spott meinen Aufzug betreffend über mich ergießen konnte. Zudem, ich spottete lieber selbst.

„Vorhin habe ich zum dritten Mal in meinem Leben eine Krawatte selbst gebunden. War bestimmt ein Bild für Götter: Ich vor dem Spiegel, eine Bildbeschreibung in der Hand, die erklärt, wie welches Ende wann wo umgeschlagen werden muss. Es war zum Verzweifeln. Da braucht man drei Hände, um die Krawatte zu binden und noch eine, um die Anleitung zu halten. Mach das mal mit zwei, und du weißt, was Slapstick ist."

„Frag mal beim Prüfungsamt nach, ob man damit die Note verbessern kann."

Mein Kumpel antwortete ein wenig gelangweilt.

„Du meinst wie mit den Seminararbeiten? Hallo, ich habe hier eine 1,0 im Krawattenbinden, bitte rechnen sie das zu einem Zehntel in meine Diplomnote ein?"

„Klar."

„Ich verstehe das eh nicht: Was soll dieses Teil eigentlich? Es hält nicht warm, und bequem ist es auch nicht. Es stört doch vielmehr, weil es hinderlich ist, dauernd aufzupassen, wo das Ding gerade baumelt. Bei der letzten Hochzeit, auf der ich war, hing mir das Ding zu späterer Stunde im Bierglas. Warum wird dieser Bänkerbändel überhaupt getragen? Und wieso ist er im Kleiderkodex so vieler Firmen Pflicht? Ist doch egal, ob ich meine Leistung in T-Shirt oder Zweireiher bringe. 1 + 1 = 2. Ergebnisse sind Ergebnisse, und sie werden doch nicht besser, nur weil sie von jemandem im Brioni-Anzug präsentiert werden. Unser Autokanzler kann davon sein Liedchen singen. Und an der Uni hier, da hat es doch auch funktioniert."

„Die denken sich, wer eine Krawatte binden kann, der kann schon nicht so ohne sein."

„Weißt du noch, als wir in der Spielbank waren? Ich habe den Typen am Eingang gefragt, ob er sie mir schnell binden könnte."

„Sicher. Das hat er dann in der Pause wohl auch all seinen Kollegen erzählt."

„Mir doch egal."

Um mich selbst davon abzulenken darauf zu achten, ob ich nun doch beobachtet wurde oder nicht, erzählte ich. Ich erzählte

Ben wie es war, als ich meinen (bisher einzigen) Anzug gekauft hatte. Besonderen Wert legte ich dabei auf meine Unerfahrenheit bei dieser Angelegenheit, verriet dies doch Ungezwungenheit, Jugend und Rebellion. Aus der Reihe der schwarzen, dunkelblauen und hellgrauen Zwirne hatte ich mir den ausgesucht, der an den Ärmeln fein aufgesetzte Esprit-Etiketten hatte. Ein Signal für mich, nicht allzu viel falsch machen zu können. Denn das kannte ich ja von den Hosen; jede Levis zeichnet sich eben durch dieses kleine rote Schild an der Gesäßtasche aus. Zusätzlich konnte so jedermann sehen, dass mein Anzug von Esprit war, auch wenn die Sakkotaschen unpraktischerweise wohl nur zur Zierde angebracht schienen. Denn so richtig reinfassen konnte ich nicht.

Der eigentliche Clou war nun, dass mich dann bei jenem Familienfest, für welches ich mich eingekleidet hatte, mein Vater kurz zur Seite genommen und mir gesagt hatte, ich solle die Schildchen an den Ärmeln wegmachen.

„Ich soll meinen Anzug kaputt machen?" hatte ich ihm entsetzt entgegnet und überlegt, ob er mich veräppeln will. Doch es war ihm gelungen, mich zu überzeugen, und ich gab seine Ausführungen zum Besten. Auch wenn ich mit Anzügen nicht allzu viel zu tun haben wollte, so machte es mich doch stolz, etwas erklären und mit Wissen aus der Welt eines Gentleman protzen zu können.

„Im Laden sind die dran, um den Hersteller kenntlich zu machen. Wenn man das Ding dann gekauft hat, macht man sie weg. Understatement und so. Wahrscheinlich hast du noch nicht einmal die Taschen aufgetrennt, du Greenhorn. So hat er mich wirklich genannt: Greenhorn! Die Taschen sind nämlich mit leicht reissendem Faden zugenäht, damit sie beim Anprobieren nicht ausgebeult werden." Man lernt nie aus."

Ich blickte zu Ben hinüber und suchte in seiner Reaktion etwas wie Bestätigung oder Lob für meine Ausführungen. Doch irgendwie schien ich ihn nicht begeistert zu haben mit dem, was ich soeben erzählt hatte. Lag das nun daran, dass er schon alles wusste? War ich der Doofe, der wie ein Ossi zum ersten Mal mit einer Banane zu tun hatte? Oder war es ihm scheißegal, weil er, der er seit einem halben Jahr seine Assistentenstelle hatte, sich in den nächsten drei Jahren nicht mit diesen Problemen auseinandersetzen musste?

Ich jedenfalls durfte heute Nachmittag für meine Person werben, besser gesagt, fortgesetzt werben. Den Anfang hatte das Absolventenbuch gemacht, in das ich mich vor etwa einem dreiviertel Jahr hatte eintragen lassen.

Vielleicht sollte ich an dieser Stelle kurz erklären, was das Absolventenbuch ist und wie es funktioniert. Im Grunde ist es ein Menschenkatalog. Nur dass er keine thailändischen Frauen enthält, doch das Prinzip ist das gleiche. Menschen lassen sich in einen Katalog aufnehmen, weil daran Hoffnungen geknüpft sind. In ersten Fall bestehen die Hoffnungen auf besseres Leben in Westeuropa, die zumeist enttäuscht werden und doch nur dubiose Menschenhändler reicher machen. Im zweiten Fall ist das Prozedere weniger menschenverachtend; die Menschenhändler sind weniger dubios und werden auch nicht ganz so reich, aber die Hoffnungen ruhen ebenfalls auf einem besseren Leben: Durch das Absolventenbuch soll ein junger Akademiker glücklich gemacht werden, indem ihm der Traumjob vor die Füße gelegt wird.

Dazu werden alle Studenten, die womöglich demnächst ihren Abschluss machen werden, von den Herausgebern angeschrieben und gebeten, ihren Lebenslauf, die erwarteten Noten, ein Passbild und die gewünschten Berufsfelder einzureichen. Aus dieser Sammlung von Vergangenheiten und Werdegängen wird ein Buch zusammengestellt, das Unternehmen aus der Wirtschaft kaufen können. Weckt einer der Kandidaten das Interesse einer Firma, so nimmt diese mit ihm unverbindlichen Kontakt auf.

Ich hatte diese Zukunftschance Ben zu verdanken, denn damals, als er selbst noch unschlüssig war, wie sein Leben weiter verlaufen sollte, hatte er sich um einen Eintrag im Absolventenbuch bemüht. Mich hatte er bequatscht, ich sollte das auch tun, denn mit weniger Aufwand könnte ich es nicht schaffen, mich so vielen Firmen zu präsentieren.

In der Tat hatte ich einige Anschreiben bekommen, aber außer den Angeboten für den freiberuflichen Vertrieb von Pharmaprodukten auf Provisionsbasis war keine auch nur halbwegs interessante Sache dabei. Doch dann kam der Anruf eines bekannten Lebensmitteldiscounters. Gesucht wurden Trainees für deren Managementnachwuchs. Kurz und gut, in zwei Stunden wurde ich dort zum Vorstellungsgespräch erwartet, und ich war wirklich gespannt. Gerüchten zufolge sollte man bei denen über 50.000 Euro im Jahr verdienen und obendrein noch einen Firmenwagen bekommen. Wow! 50.000 Euro, das war mehr als das Fünffache meines bisherigen Budgets. Eine Summe also, die einen Exstudenten in spe, wenn er mit ihr das erste Mal konfrontiert wird, plättet und viele Fragen verdrängen lässt.

24.07. Im Sonderangebot

Zugegeben, ich agierte blauäugig, denn ich wollte diesen Job haben, um einen Job zu haben. Das inzwischen leidig gewordene Thema wäre abgehakt, und ich konnte mich meiner lang ersehnten Reise widmen. Ben wäre auch zufrieden, denn er hatte schon wieder nachgebohrt, wann es nun endlich losgehen könnte. Außerdem, ein Firmenwagen, das würde zugleich das Autoproblem lösen, was wollte ich also mehr. Und 50.000 Euro im Jahr wären genug Schmerzensgeld, falls der Job nicht immer Spaß machen sollte. Fehlende Motivation konnte man mir nicht unterstellen. Ich war gewillt, mein Bestes zu geben, um mit einem Arbeitsvertrag in der Tasche, am besten zum 1.10. datiert, nach Hause zu kommen.

Doch ich machte mir keinerlei Gedanken darüber, wie mein künftiger Arbeitsalltag aussehen würde. Wie würden all die Wochen und Monate, vielleicht auch Jahre, ablaufen, falls ich eingestellt werden sollte? Wie viele Stunden müsste ich pro Woche arbeiten? 40? 50? Oder 60-70, wie es von denen durchsickerte, die sich für eine Unternehmensberatung entschieden hatten? Wann müsste ich morgens anfangen? Um sieben, um acht, oder um neun? Wie wären meine Kollegen? Welche Aufgaben würde ich ausführen? Nervige, delegierte Routinearbeit, oder selbständige Projektarbeit, die viele Freiheiten garantierte? Wie waren die Aufstiegschancen?

Das war mir fast komplett egal, weil ich bequem war. Ich wollte schnell einen Job bekommen, so wie man im Vorbeigehen einen Wasserkocher kauft, wenn man einen braucht. Falls das Gerät dann nicht den Ansprüchen genügt, kann man sich problemlos ein neues kaufen.

Auch der Standort war kein Problem, ich wurde in ein mittelbadisches Kreisstädtchen gebeten, das im S-Bahnbereich von Karlsruhe lag. Räumlich müsste ich mich auch nicht zu sehr umorientieren. Es sprach nichts gegen diesen Job.

Pünktlich betrat ich das Firmenanwesen, meldete mich artig am Empfang und sagte, ich werde von Herrn Steffel erwartet. Während Herr Steffel noch auf sich warten ließ, wickelte die Dame vom Empfang meine Reisekosten ab. Diese beliefen sich auf bescheidene zweimal 9 Euro, weil ich mit meinem Semestertik-ket bis in das Städtchen fahren konnte. Nur vom Bahnhof aus hatte ich ein Taxi genommen, dessen Kosten ich nun ersetzt bekam. Heimlich beschloss ich, auf dem Rückweg zum Bahnhof zu laufen und diese 9 Euro einzustreichen.

Dann kam er, der Herr Steffel, in einem Hallo-Herr-Kaiser-Anzug, und in seinem Gefolge kamen weitere Herren in Hallo-Herr-Kaiser-Anzügen. Während ich noch überlegte, ob dieses Aufgebot mir allein zugedacht war, verabschiedete er diese Herren und nahm mich mit in sein Büro. Das war ziemlich schlicht eingerichtet, und die Möbel aus Plastikeiche vermittelten den Charme von Erichs Lampenladen. Ich dachte, dass die Discounterkette wirklich an allen Ecken und Enden sparte, und Herr Steffel erklärte mir, dass diese anderen Herren aus Österreich waren, weil sein Unternehmen eben auch in diesem Alpenland expandierte.

„Den Öschis muss man ziemlich auf die Füße treten, nur Probleme gibt es mit denen. Das ist eine ganz andere Mentalität. Nicht einmal als KZ-Aufseher waren die früher zu gebrauchen."

Was sollte das? Mir verschlug es die Sprache! Ich war zu einem Vorstellungsgespräch gekommen, und dieser Fritze sagte etwas, das ihn, öffentlich ausgesprochen, auf Lebenszeit diskreditiert hätte. Bedeutendere Karrieren sind schon an weniger verabscheuungswürdigen Sätzen gescheitert.

Innerlich war ich erbost und überlegte, ob ich als überzeugter Humanist und Demokrat etwas sagen sollte. So ein Nazi-Arsch! Wahrscheinlich blättert er nicht nur Kataloge mit Absolventen, sondern auch solche mit Thailänderinnen durch und fliegt zweimal jährlich in die Dom-Rep, weil man da so billig ficken kann. Schade nur, dass man bei den Negern nie wissen kann, Aids und so.

Andererseits, er saß am längeren Hebel und ich wollte etwas von ihm. Er entschied darüber, ob ich einen Arbeitsvertrag angeboten bekam oder nicht. Also beschloss ich, es sei das Beste so zu tun, als ob seine Entgleisung nie stattgefunden hätte.

Oder war dieser Satz eine gezielte Provokation, die zu einer Art Test gehörte?

Die studentischen Pendants der Stammtische pflegten diverse Diskussionen zu Fangfragen in Bewerbungsgesprächen, versteckten Fragen, Tests und Provokationen, die dazu dienen sollten, die Persönlichkeit zu durchleuchten. Eine recht toughe Angelegenheit seien diese Vorstellungsgespräche, da nicht mehr über sechs Monate Praktikum, sondern über eine möglicherweise lebenslange Verbindung mit mehreren 10.000 Euro Jahresgehalt entschieden wurde. Natürlich war ich gespannt, was mich erwartete, aber auch beruhigt, weil ich mich durch meine Ausbildung gut qualifiziert fühlte.

Vielleicht wollte er von mir Widerstand oder Einspruch hören. Ich verwarf diese Möglichkeit jedoch sogleich, denn Herr Steffel zeigte sich allgemein als ein besserwisserischer und voreingenommener Mensch.

Schon der offizielle Einstieg in das Bewerbungsgespräch verriet alles andere als Harmonie. Er fragte mich, weshalb ich mich denn ausgerechnet in seinem Unternehmen beworben hätte. Ob es nun klug war oder nicht, ich stellte die Tatsachen richtig, nämlich, dass der erste Kontakt von seiner Firma ausgegangen war. Denn ich wurde aufgrund meiner Präsenz im Absolventenbuch angerufen und gefragt, ob ich mir es vorstellen könne, für dieses Unternehmen zu arbeiten.

Danach durfte ich noch insgesamt drei halbe Sätze sagen, jeweils zu meiner Anreise, zu meinem Studium und zu meiner Diplomarbeit. Immer als ich Hoffnung schöpfte, mich in bestem Licht präsentieren zu können, fuhr er wieder dazwischen und behauptete dreist, dass ich das, was ich an der Uni gelernt habe, bitte schnell vergessen sollte. Denn das sei alles Theorie, die reale Welt sähe anders aus als die Uni. Ob ich mir darüber noch Illusionen machen würde?

Zum Glück war ich ein Mensch, der ein einigermaßen dickes Fell hatte, denn sonst wäre mir der Kragen geplatzt. Persönlich fand ich diese zweite Provokation schlimmer. War die erste noch allgemein, unterstellte er mir nun persönlich, dass meine fünf Jahre Studium umsonst waren und ich grundsätzlich unfähig sei, wenn ich ihm nicht uneingeschränkt beipflichtete. Niemand lässt es auf sich sitzen, wenn er mitgeteilt bekommt, das bisherige Leben mit all seinen Mühen, Prüfungen und Entscheidungen sei falsch oder umsonst gewesen.

Noch einmal dachte ich daran, dass alles gezielte Provokation sein könnte. Vielleicht wollte er herausfinden, wie belastbar ich bin, oder wie es um mein Engagement bestellt ist. Ich beobachtete diesen Steffel genau, konnte aber nichts Abwartendes in seinen Gesten entdecken. Auch gab es keinerlei Möglichkeit, mit ihm einen Blickkontakt aufzubauen. Mir bot sich keine Gelegenheit, das Wort zu ergreifen, ohne meinerseits unhöflich zu werden. Er beachtete mich nicht, und mir kam es vor, als ob auch jemand anderes an meiner Stelle sitzen könnte. Ihm war es anscheinend nur wichtig, einen Zuhörer für seine tollen Geschichten aus seinem tollen erfolgreichen Leben zu haben. Es gelang mir nur, seine Atempausen für das eine oder andere „Ja" oder „Mhm" zu nutzen, die eigentlich einen kompletten Satz meinerseits einleiten sollten. So hatte ich es mal in einem Rhetorikkurs an der Uni gelernt: Erst den Punkt des Gesprächspartners aufgreifen, in dem man diesen wiederholt und bestätigt, und dann, ohne belehrend zu klingen, die eigene Meinung anbringen. Am besten in Frageform, denn das gibt dem Gegenüber die Gelegenheit, selbst auf das zu kommen, was man sagen möchte. Tja, eigentlich, und in der Theorie mag das wohl richtig sein. Doch hier in der Praxis sah es so aus, dass mich Herr Steffel nicht beachtete und durch das Lauterwerden seiner Stimme meine Einhakversuche im Keim erstickte. Bestimmt hatte er das gemeint, als er mir eröffnete, ich solle alles an der Uni gelernte über Bord werfen.

Insgesamt dauerte dieses, ich möchte es auch weiterhin so nennen, Vorstellungsgespräch, über zwei Stunden. Ich bezweifelte jedoch, dass er etwas über mich erfahren hatte. Ich hingegen hatte eine ziemlich genaue Vorstellung von Herrn Steffel, diesem dreckigen, angeberischen Arschloch. Das darf in dieser Deutlichkeit gesagt werden. Am Ende hatte er nicht einmal eine Antwort auf die logischste aller Fragen für mich. Weder ja noch nein sagte er, sondern, ich würde in den nächsten Tagen von ihm hören. Dann dankte er noch für das Gespräch, zu dem ich gekommen war, und ich erklärte ihn für völlig daneben.

Im Prinzip hatte er dringend einige Seminare zu den Themen Kommunikation, Zuhören und Empathie nötig. Heutzutage legt man dies uns Studenten bereits im Grundstudium nahe. Wäre es andersherum gewesen und er hätte sich bei mir für einen Job vorgestellt, ich hätte ihm keinen gegeben. Und mit Genuss hätte ich ihm gesagt, dass er mir auf Grund seiner Persönlichkeit nicht geeignet erschient. Ich bezweifelte, dass er heute überhaupt irgendwo einen Job bekommen würde, weil doch angeblich so viel Wert auf soziale Kompetenzen gelegt wird.

Auch aus rein wirtschaftlichen Gesichtspunkten erschien er mir nicht logisch. Weshalb nahm er sich über zwei Stunden seiner bestimmt knappen Zeit, um dann ausnahmslos von sich zu erzählen? Gerne hätte ich alle Fragen beantwortet, zu meinem Werdegang, meinen Studienschwerpunkten oder wie ich die Marktlage in der Lebensmittelbranche sah. Gerne hätte ich auch Fragen zu meinen potenziellen Arbeitsaufgaben im Unternehmen gestellt. Besonders unverschämt fand ich auch, dass er, als er unser Gespräch beendete, mich nicht einmal gefragt hatte, ob ich denn noch Fragen habe. Vielleicht verstand er den Begriff Vorstellungsgespräch so, dass er sich vorstellen sollte, und nicht ich mich als Kandidat.

Ich hatte das Gefühl, dass sich der Nachmittag bis auf die 9 Euro, die ich für eine nicht in Anspruch genommene Taxifahrt abgezockt hatte, nicht gelohnt hatte. Noch weniger konnte ich einen Lerneffekt ausmachen. Kein Hinweis auf etwas, das ich bei meinem nächsten Vorstellungsgespräch vielleicht besser machen könnte. Denn ich hatte keine Chance, irgend etwas zu tun, ohne die mir bekannte Etikette zu verletzen. Nur die Überzeugung, dass in diesem Unternehmen fähige Leute gebraucht werden, blieb bei mir hängen.

29.07. Coole Gang

„Niemand wird einfach so zum Uptown Shark!"
Ich blickte in drei finstere Mienen von drei finsteren Gestalten mit verschränkten Armen. Wenn ich allerdings ein Uptown Shark werden wollte, so musste ich diesen Blicken standhalten.
Ein kalter Wind zog durch die Straßen, der Himmel entschied noch darüber, ob er es regnen lassen wollte oder nicht, und die Wolken hatten den Mittag in eine schläfrige Dämmerung verwandelt. Außer uns war niemand draußen.
Die Uptown Sharks, das waren die coolsten Typen in unserem Viertel. Sie prägten das Bild der Bushaltestelle und hatten immer die besten Mädels um sich versammelt. Um ein Uptown Shark zu sein, musste man knallharte Kriterien erfüllen. Schließlich wollte sich die Gang ihren mühsam aufgebauten Ruf nicht durch ein paar Waschlappen gefährden lassen. War man von ihnen jedoch aufgenommen, so war das ein Gütesiegel für die eigene Person in unserem Viertel. Dieses Siegel entschied darüber, ob man auf dem Weg zur Schule geärgert wurde oder ärgerte. Und dies entschied wahrlich über einen beträchtlichen Teil an Lebensqualität. Denn die Gang war überall und ließ ihren Feinden keine Ruhe. Deshalb wurden die Sharks allenthalben mit einer Extraportion Respekt bedacht.
Der mittlere der drei räusperte sich, sammelte eine ordentliche Portion Schleim in seinem Rachen und spuckte mir diese King-Size-Portion bedrohlich nahe an meine fast noch zu neuen Skaterschuhe der Marke Vision Street Wear. Die hatte ich mir von dem Geld, das ich zu meinem letzten Geburtstag bekommen hatte, gekauft. Ich fand diese Treter cool genug, um mir Chancen für die Aufnahme bei den Sharks auszurechnen. Denn daran waren sie zu erkennen: Es wurden ausschließlich Skaterschuhe eben dieser Marke geduldet. Das andere Erkennungszeichen war ein abgebrochener Mercedesstern, den man an einem Lederband um den Hals trug.
Von Paule, einem Kumpel, der vor zwei Monaten aufgenommen wurde, wusste ich, dass ich nicht zurückzucken durfte, ganz gleich, was die Sharks taten. Denn das war ein Teil des Tests. Denn nur coole Typen werden ein Shark! Ein Uptown Shark!

„Du bist uns empfohlen worden. Von Paule."

Die Arme waren nach wie vor verschränkt, und die Mienen hatten sich ebenfalls nicht gelichtet. Ich wartete auf meine Aufnahmeaufgabe. Denn jeder, der dabei sein wollte, musste eine Aufnahmeaufgabe erfüllen.

„Wir machen dir ein Angebot. In der Apotheke da vorne arbeitet Alexandra."

Das hätte er nicht sagen müssen. Denn Alexandra war knapp drei Jahre älter als ich und die schärfste Braut in der Gegend. Jeder, der nach dem Traum seiner schlaflosen Nächte gefragt wurde, hatte sie unter den Top 5. Neulich hatte ich für meine Tante ein Rezept eingelöst, und Alexandra hatte mir zwei Traubenzucker zugegeben. Da war ich rot geworden und hatte mich geärgert. Denn Traubenzucker gab man Kindern, keinesfalls aber echten Männern.

„Wenn du eines Uptown Sharks würdig bist, dann gehst du jetzt da rein und kaufst Kondome. Sag der Kleinen, dass du die extra reissfesten brauchst, für Analverkehr."

In Wahrheit stand ich nicht mit ein paar Halbstarken auf einer zugigen Kreuzung eines abgewrackten Stadtviertels aus einem schlechten Film. Auch war ich kein pubertierender Jüngling auf der Suche nach Anerkennung, sondern ich saß in einem warmen Besprechungszimmer im elften Stock über der Frankfurter Innenstadt. Die Lächerlichkeit der Szenerie war aber von vergleichbarem Ausmaß.

Ein Herr Mitte Vierzig und eine Frau, die kaum älter war als ich, saßen mir gegenüber. Der Typ, mit dem ich neulich das Telefoninterview geführt hatte, ließ sich krankheitsbedingt entschuldigen. Vielleicht hätte seine Anwesenheit den Tag gerettet, denn mit dem Hauptverantwortlichen der hier Vertretenen war ich nicht, wie man so schön sagt, warm geworden. Nach dem Telefonat hatte ich damals ein äußerst gutes Gefühl und das nun folgende Treffen beinahe als Formsache betrachtet. Bereits während des einleitenden Höflichkeitsgeplänkels jedoch waren mir meine Chancen bewusst geworden, dennoch wurden mir alle Stufen des Bewerbungsgesprächs gegönnt.

„Herr Leiter, nun wollen wir mal konkret werden." Der Mittvierziger stützte sich auf seine verschränkten Arme und beugte sich zu mir herüber. Für die junge Dame war das offenbar das Zeichen, nochmals zu kontrollieren, ob ihr Kugelschreiber einsatzbereit war.

„Herr Leiter, die Aufgaben eines Key Account Managers sind äußerst vielseitig. Da muss man den verschiedensten Anforderungen gerecht werden. Vor allem hat man mit vielen Menschen und den unterschiedlichsten Charakteren zu tun. Wie sehr können Sie denn auf Menschen eingehen?"

Offen gestanden, ich fand die Frage doof. Was sollte ich denn darauf antworten? Tut mir leid, Menschen sind mir ein Graus? Ich bin lieber für mich allein? Bisher habe ich mich doch immer verständlich machen können. Noch nie bin ich in einer Metzgerei gescheitert, wenn ich Aufschnitt kaufen wollte. Wie sehr ich denn auf Menschen eingehen könne? Bisher hatte ich nicht erfahren, dass ich dies nicht können sollte. Ich glaubte aber kaum, dass dies als Antwort genügte.

„Lassen Sie es mich so sagen: Während meines Studiums war es mir wichtig, über den Tellerrand hinaus zu schauen. Ich habe ein Jahr lang an der Volkshochschule Spanisch gelernt, über das Studium Generale die Vortragsreihe „Zukunft des Mittelstands unter den Vorzeichen der Globalisierung" gehört und seit letztem Oktober regelmäßig an der Hochschulsportgruppe Volleyball teilgenommen. Zusätzlich war ich ein Jahr lang Flursprecher in meinem Studentenwohnheim. Sie sehen, ich bin eine Person, die gerne unter Menschen ist, vielseitig interessiert ist und die Bereitschaft hat, Verantwortung zu übernehmen."

Quod erat demonstrandum! Überzeugt, den Punkt getroffen zu haben, lehnte ich mich leicht zurück und wartete auf die Bestätigung meiner Eignung. Die junge Dame schrieb eifrig mit.

„In der Tat haben Sie einiges nebenbei gemacht. Was mir auffällt: Alles, was sie anführen, sind temporäre Aktivitäten. Können Sie denn keine Schwerpunkte setzen? Oder fällt es Ihnen schwer, durchzuhalten?"

Ich war perplex! Wollte er mich auf den Arm nehmen? Jeder streitsuchende Halbstarke wäre origineller gewesen! Er hatte mich doch nach meiner Vielseitigkeit im Umgang mit Menschen gefragt, und es ist doch klar, dass man nicht zwei Dinge auf einmal tun kann. Also habe ich die Dinge nacheinander getan. Ich blickte kurz zu der Dame mit dem Stift. Man konnte ihr ansehen, dass sie wusste, welches Spiel hier gespielt wurde. Sie führte den Stift ansatzweise in ihren Mund, sei es aus Langeweile oder um anzudeuten, welchen Aktivitäten sie nach Feierabend gerne nachkommt. Hilfe war von ihr dennoch nicht zu erwarten, ich musste allein hinter die Regeln kommen, und möglicherweise war ihre erotische Andeutung nur ein Versuch, mit ihrer Macht zu spielen. Denn sie hatte einen Job, ich hatte keinen. Kleine Kinder strecken auch gerne die Zunge raus, wenn ihr Kamerad gerade vom Vater ein Donnerwetter erfährt.

„Dass ich nicht durchhalten kann, möchte ich nicht gelten lassen. Mein Studium war für mich das wichtigste in den letzten Jahren. Das habe ich konsequent verfolgt und nach fünf Jahren abgeschlossen. Die vorläufige Titelführungsbescheinigung - das Zeugnis wird mir in den nächsten Tagen erst zugestellt - liegt Ihnen vor. Meine Nebenaktivitäten, deshalb heißen sie ja auch Nebenaktivitäten, zielten in erster Linie darauf ab, meinen Horizont links und rechts zu erweitern. Würde man nur auf eine Seite schauen, dann verpasst man die andere komplett."

Ob ich mich damit aus der Affäre gezogen hatte, konnte ich nicht feststellen. Immerhin wurde nicht weiter nachgefragt, und auch der Mimik der Schreiberin konnte ich nichts ablesen. Immerhin schien sie schöne Brüste zu haben. Sie hob sie mit ihren verschränkten Armen leicht an. Als sie bemerkte, wohin sich mein Blick für einen Augenblick richtete, nahm sie abrupt eine keuschere Sitzhaltung ein. Ob sie sich ertappt fühlte?

„Wie Sie wissen, besteht unsere Geschäftsaktivität darin, an Firmen projektweise freiberufliche Experten zu vermitteln. Diese Fachkräfte sind nicht immer zuverlässig, sie sind sich ihrer Unentbehrlichkeit bewusst und nehmen sich auch einiges heraus. Wie würden Sie mit solchen Menschen umgehen?"

Eigentlich hatte ich Leute, die derart hochnäsig auftraten, eher gemieden. Auch das Bild, das nach und nach von der Tätigkeit gezeichnet wurde, entsprach nicht ganz meinen Vorstellungen. Ich sollte hinter Freiberuflern herlaufen, wenn sie keinen Bock hatten, zur Arbeit zu gehen? Eigentlich hätte man das Gespräch jetzt beenden können. Oder wir hätten aller mehr von diesem Tag gehabt, wenn der Typ gegangen wäre und sich die junge Dame nackt auf den Tisch gelegt hätte. Sofern ihre Andeutungen einem konkreten Wunsch entsprangen.

Statt dessen wirkte in mir der Bewerberreflex. Instinktiv antwortete ich auf das, was gefragt war, ohne zu prüfen, ob ich mich im Ernstfall auch tatsächlich so verhalten würde, mit den allseits propagierten Musteraussagen, die einen im Rennen halten sollten.

„Auch wenn es sehr ausgezeichnete Fachkräfte sind: Ein gewisses Maß an Verlässlichkeit muss man von jedem erwarten können. Beim ersten Vorfall würde ich das Gespräch suchen und das Fehlverhalten deutlich machen. Im Wiederholungsfall würde ich mit Konsequenzen drohen. Um die eigene Glaubwürdigkeit aufrecht zu erhalten, müssen diese Konsequenzen im zweiten Wiederholungsfall eintreten. Dann würde ich mich dafür einsetzen, mit dieser Person nicht mehr zusammenarbeiten zu müssen."

„Und wenn der Projekterfolg an diese eine Person gebunden ist?"

Ich hatte keinen Bock mehr auf dieses abstrakte wenn-dann-Spielchen. Meinen moralischen Worte vom verlässlichen Partner, denen ich ein weiteres Blabla folgen ließ, widmete ich weniger Aufmerksamkeit als meiner Gesprächspartnerin. Sie übte sich in vielversprechenden Augenaufschlägen. Ich glaubte nicht, dass ich von dieser Firma in den eigenen Reihen aufgenommen würde. Der Typ hätte wirklich besser aus dem Raum gehen sollen, dann hätten gegebenenfalls zwei ihren Spaß haben können.

02.08. Marktanalyse

Samstag war Zeitungstag, das kannte ich von früher. Als ich klein war, wurde ich von meinen Eltern losgeschickt, um die Süddeutsche, die Frankfurter Allgemeine und die Welt zu kaufen. Vom Wechselgeld durfte ich mir meist ein Überraschungsei gönnen, und deshalb ging ich samstags gerne Zeitungen kaufen. Obwohl ich damals nicht darauf geachtet hatte, so hatte ich doch aufgeschnappt, dass in den Samstagsausgaben die Stellenmärkte enthalten waren. Das hatte sich in den letzten Jahren nicht geändert, nur hatte ich mittlerweile kein Bedürfnis mehr nach einem Überraschungsei.

Mit einem halben Kilo Papier hatte ich es mir auf meinem Bett gemütlich gemacht und zuerst die Sportteile überflogen. Den Kicker konnten sie kaum vollständig ersetzen, aber die Überschriften im Wirtschaftsteil kamen mir bekannt vor: Talsohle, Rezession, Seifenblase neuer Markt. Alles hatte ich schon x-mal in den Nachrichten im Fernsehen mibekommen.

Doch der Stellenmarkt – ich war begeistert! Jeweils deutlich mehr als 10 Seiten Anzeigen, und alle für Akademiker. Ich fühlte mich wie ein Schatzsucher, der den Schlüssel für die Türe zu einer Schatzkammer endlich gefunden hatte. Nebenbei ärgerte ich mich ein wenig, erst jetzt diesen Schritt unternommen zu haben. Denn die Einladungen zu meinen ersten, wenig erfolgreichen Vorstellungsgesprächen wogen mich in trügerischer Sicherheit und ließen mich inaktiv werden.

Ich blätterte mich durch gut 50 Seiten Stellenmarkt und hatte schnell das Konzept einer Anzeige durchschaut. Ganz oben wird das Unternehmen kurz vorgestellt, darauf folgt, fettgedruckt, der Suchbegriff, darunter die ausführlichere Aufgabenbeschreibung, dann die Anforderungen an den Bewerber und abschließend das Kleingedruckte mit den Bewerbungsmodalitäten.

Merkwürdig erschien mir, dass Firmen, die ein paar Seiten zuvor im Wirtschaftsteil jammerten, sich kurz vor der Pleite sahen und den Standort Deutschland mit seinen enormen Lohnnebenkosten als unfruchtbare Erde für ihr eigenes Gedeihen beschimpften, sich an dieser Stelle in einem komplett anderen Licht präsentierten. Die Selbstvorstellungen in den Anzeigen kündeten stets von florierenden und expandierenden Unternehmen, die ihren Mitarbeitern sichere Arbeitsplätze, attraktive Gehälter und überdurchschnittliche Sozialleistungen anboten. Die Frage, was denn nun stimmte, stellte ich hinten an.

Das Überfliegen der Schlüsselbegriffe bescheinigte mir schwarz auf weiß, dass Leute wie ich haufenweise gesucht wurden. Schließlich hatte ich im Laufe meines Studiums auch etwas über Controlling oder Supply Chain Management gelernt. Weitere Schwerpunkte waren Außendienst und Vertrieb, also durch die Gegend fahren und mit Kunden teuer Essen gehen.

Es gab nur einen Haken: Fast alle Anzeigen richteten sich explizit an Leute mit Berufserfahrung. Es war wohl doch etwas Wahres an dem Gerücht. Man sollte für den Arbeitsmarkt drei Sprachen fließend beherrschen, ein Einserdiplom in der Tasche haben, sämtliche sozialen Kompetenzen aufweisen, vor allem Durchsetzungsvermögen, außer Arbeit keine weiteren Interessen verfolgen und eben mehrjährige Berufserfahrung haben. Idealerweise war man unter 30, familiär ungebunden, belastbar, mit hoher Reisebereitschaft ausgestattet und mit Verständnis für wirtschaftliche Zusammenhänge gesegnet.

Ich betrachtete diese Formulierungen als eine Art Wunschzettel und suchte mir trotz kleinerer Abweichungen zu diesem Profil vier Anzeigen aus, die mir den Versuch einer Bewerbung wert zu sein schienen. Darunter waren die Traineeprogramme einer großen Brauerei (das konnte ich äußerst leicht mit meinen Interessen vereinbaren), eines Automobilkonzerns und der Bahn. Vervollständigt wurden meine erneuten Anstrengungen mit einer Reaktion auf die Anzeige einer Personalvermittlungsagentur, die für ein Medienunternehmen inserierte.

„[...] Zu unseren Kunden gehört ein deutsches Verlagshaus, das in seinem Genre europaweit führend ist. [...] Für unseren Kunden suchen wir junge, engagierte Mitarbeiter, die zukünftig zu diesem Erfolg beitragen wollen. Nach dem Einstieg im Vertrieb mit der Pflege bestehender Kundenbeziehungen können Sie sich für höhere Aufgaben im Innendienst und strategischen Management empfehlen [...]."

Das konnte alles oder nichts bedeuten, doch ich hatte ein weiteres Pferdchen im Rennen.

05.08. Klare Ziele?

Bisher war ich mir dadurch aufgefallen, dass ich genau wusste, was ich nicht wollte. Abgesehen von dem nach wie vor in mir innewohnenden Wunsch, den südlichen Teil des amerikanischen Kontinents zu bereisen – am liebsten mit meinem Kumpel Ben. Der hatte inzwischen vier Wochen Urlaub beantragt und genehmigt bekommen: Den kompletten September hatte er zur freien Verfügung. Mir hatte er gesagt, ich könne mitkommen, nachkommen oder daheim bleiben. Er jedenfalls würde fliegen.

Jobtechnisch hingegen hatte ich meine Zukunft bislang verstärkt über Ausschlusskriterien definiert, und nach fast jeder Erfahrung mit einer Firma kam ein neues K.O.-Kriterium hinzu.

1. Ich wollte nicht in einer deutsch-sibirischen Einöde arbeiten.
2. Ich wollte nicht die ganze Zeit alleine vor irgendwelchen Computern sitzen.
3. Ich wollte nicht in zugigen Industriebaracken versauern, auf deren Boden Rattengift und Müll lag.
4. Ich wollte keinen Chef, der im Brockhaus unter dem Stichwort Arschloch abgebildet sein könnte. Ich wollte keine hinterhältigen Zicken oder berechnende Karriereschleimer als Kollegen.
5. Ich wollte nicht zu einer Unternehmensberatung, wo unter 12 Stunden Arbeit pro Tag kein Feierabend zu haben ist.

Meine Aufgabe bestand nun darin, diese negativen Definitionen in positive umzudrehen und mir anschließend zu überlegen, wie ich meinem präzisierten Ziel näher kommen konnte.

1a) Was ist das Gegenteil von Einöde? Da ich mit Karlsruhe an eine bescheidene Großstadt gewöhnt war, sollte es eine Stadt sein, die es auf mindestens die gleiche Größe brachte und einen ähnlichen Freizeitwert im Angebot hatte. Hilfreich wäre zugleich eine gewisse Medienpräsenz durch irgend etwas Außergewöhnliches. Essen beispielsweise, oder auch Duisburg, mochten meinetwegen eine hohe Einwohnerzahl haben, doch für mich waren sie unbekannte Riesen. Bei Bochum hingegen, da denken die Leute zwar auch unmittelbar an Ruhrgebiet, aber ebenso schnell erfolgen Verbindungen zu Grönemeyer und Starlight Express. Dadurch entsteht ein Bild im Kopf der Menschen von Kultur, Moderne und Abwechslung. Genau diesen Effekt sollte der Ort meiner künftigen Beschäftigung auslösen. Den Städten München, Frankfurt, Hamburg, Berlin, Köln, Düsseldorf und Leipzig schrieb ich diese Eigenschaft zu. Zudem hört sich das auch so an, als ob man sich bewusst für seinen Beschäftigungsort entschieden hat. Aha, der Leiter ist nach Hamburg gegangen! Treibt sich wochenends auf der Reeperbahn rum und macht nebenbei seinen Segelschein! Anders: Oh, den Leiter hat es nach Gütersloh verschlagen! Glasklar, der Arme ist dem Ruf von Bertelsmann gefolgt. Der Ort des Arbeitgebers ist gleichfalls ein Indikator, wie sehr man sich seinen Job selbst hat aussuchen können. Das wiederum lässt Rückschlüsse auf Qualifikation und Persönlichkeit zu, also den Wert auf dem Arbeitsmarkt, und zieht die Grenze zwischen aktiv und passiv.

1b) Was ist das Gegenteil von deutsch-sibirisch? In der Tat konnte ich es mir vorstellen, beruflich, für ein paar Jahre vielleicht, ins Ausland zu gehen. Weil ich nur Englisch als Fremdsprache wirklich beherrschte, kamen also England, die USA, Kanada, Australien sowie Österreich und die Schweiz in Betracht. Gedanklich erweiterte ich mein Städteliste um Zürich, Wien, London, New York und die anderen Millionenmetroplolen der genannten Länder. Beruhigt stellte ich fest, das ich die von unseren Politikern gern geforderte Bereitschaft zur Mobilität vorweisen konnte.

2) Was ist das Gegenteil von „den ganzen Tag vor dem Computer zu sitzen"? Wehe, wenn ich den Schlauberger erwische, der an dieser Stelle sagt, nicht den ganzen Tag vor dem Computer zu sitzen! Ich musste mich der Antwort auf diese Frage auf andere Weise nähern. Im Rahmen meiner Recherche für meine Diplomarbeit hatte ich sehr viel Zeit im Internet, also vor Computern verbracht. Das Zusammenschreiben meiner Ergebnisse vollzog sich ebenfalls mit Hilfe eines Rechners. Insgesamt hatte mir das auch Spaß gemacht, doch ich konnte es mir nicht als dauerhaften Arbeitsalltag vorstellen. Zu sehr fehlte die soziale Komponente, das Miteinander mit anderen Menschen,

doch das Dasein als Einzelkämpfer war charakteristisch für die Aufgabenstellung einer Diplomarbeit und die konnte im wahren Berufsleben ganz anders sein.

Die Inhalte meines Studiums sollten mir jedoch mehrere Perspektiven eröffnen. Fachlich gesehen hatte ich fundierte Grundkenntnisse in den Bereichen Controlling, Produktionssteuerung, Logistikplanung, Marketing und technische Anwendungen für E-Commerce. Als Wirtschaftsingenieur hielt ich einen bunten Blumenstrauß in meinen Händen mit der Möglichkeit, unter vielen duftenden Blüten zu wählen. Anders als ein Meteorologe, der von Anfang an auf Wetterfrosch getrimmt ist. Oder ein Architekt, bei dem auch klar ist, dass sein Berufsbild darin besteht, Häuser zu bauen. Ich war ein vielseitig einsetzbarer Generalist, der mit seinem interdisziplinären Background für Schnittstellenfunktionen prädestiniert war. Wobei an Schnittstellen keine Dinge voneinander getrennt, sondern eher miteinander verbunden werden. Komischerweise verwenden die wenigsten den Begriff Nahtstelle. Die verbindende Eigenschaft eines Generalistenjobs gewährleistete die Fülle an Abwechslung, die ich mir vorstellte.

3) Was ist das Gegenteil einer zugigen Industriebaracke? So ziemlich alles, was heutzutage rechtlich gesehen ein Gebäude ist, auf das Grundsteuer erhoben wird. Und spätestens im Vorstellungsgespräch würde ich es zu sehen bekommen. Außerdem, ich konnte es mir nicht vorstellen, dass es in den Räumlichkeiten eines DAX-Unternehmens so muffig riechen konnte wie ein Norberts Baracke. DAX-Unternehmen besitzen den weiteren Vorteil, dass sie bekannt sind. Ebenso wie die Städte, die ich aufgezählt habe, stiften sie ihren Mitarbeitern eine Identität und lassen an ihrer Größe teilhaben. Einige Firmen, Porsche beispielsweise, warten zusätzlich mit einem emotional besetzten Image auf, in dem man sich sonnen kann. Als Angehöriger eines solchen Unternehmens war man auf Partys vor jeglichen Erklärungsnöten - für wen man denn arbeite und was man genau mache - geschützt.

4) Was ist das Gegenteil von einem Arschloch? Das Problem besteht nicht im Umkehren dieser Frageformulierung, sondern im Erkennen des Arschlochs an sich. Herr Steffel hatte sich

ziemlich schnell als Angehöriger dieser Gattung offenbart. Man konnte sich jedoch nicht sicher sein, ob die ein bis zwei Stunden, die man auch als Bewerber für das Gewinnen einer Einschätzung hatte, immer ausreichten, um das wahre Ich des Gegenübers zu erkennen. Immerhin hatte man es mit Profis zu tun, die schon länger im Geschäft waren und sich tagtäglich präsentieren und gut verkaufen mussten. Jähzornige Ausbrüche oder Intrigen würden auf sich warten lassen, bis man unter Vertrag steht. Meine einzige Möglichkeit, diesen Punkt gebührend zu berücksichtigen, bestand darin, mir die Leute auf der anderen Seite des Tisches genauestens anzuschauen und präzise auf Zwischentöne zu hören. Und wenn ich jemanden nicht riechen konnte, so nahm ich mir vor, diesem unbegründeten Gefühl zu vertrauen.

5) Auf keinen Fall Unternehmensberatung. Klarer Fall: Ich bewerbe mich erst gar nicht bei einer Unternehmensberatung!

Mein Resümee war deutlich: So viel hatte ich bisher gar nicht falsch gemacht, obwohl ich mein Handeln bisher nicht besonders hinterfragt hatte. Intuitiv hatte ich mich bei den großen Firmen beworben, die in großen Städten angesiedelt waren. Die ausgeschriebenen Stellen hatten einen oder mehrere der bekannten Schlüsselbegriffe in ihrer Beschreibung, und Unternehmensberatungen hatte ich kategorisch ausgelassen. Die Arschlochchefs wie dieser Steffel waren mir zuvor gekommen und hatten bereits von selbst abgesagt.

Trotz meiner Wunschliste sollte mein nächstes Gespräch bei einer kleineren Firma sein. In der lokalen Studizeitung suchte eine hiesige New-Economy-Klitsche einen Kundenbetreuer. Natürlich hatte in der Anzeige nicht Kundenbetreuer gestanden, sondern wieder Key Account Manager, wohl ein Schlüsselbegriff, der aktuell in Mode war. Auf jeden Fall wollte ich mir anhören, was dort für mich eventuell möglich sein könnte. Schließlich sollten mir meine soeben aufgestellten Kriterien keine Chancen verbauen, an die ich noch gar nicht gedacht hatte. Zudem haben Startups bekanntermaßen viele junge Leute an Bord, das konnte auch ein Vorteil sein. Die reden in der Kaffeepause nicht von Schützenverein und Darmkrebsvorsorge.

08.08. Die Kuckucksuhr sagt fünf vor zwölf

Mann, war der cool! Jens Velsenheimer, mit seiner blond ge-
färbten Locke und seinem Augenbrauenpiercing! DJ auf Ibiza,
das hätte rein äußerlich am besten zu ihm gepasst. Sein bis auf
Höhe der Brustwarzen geöffnetes Hawaiihemd ließ den Blick
auf ein Kettchen aus Holzperlen zu. Er steckte sich bereits die
zweite Davidoff an. Ich dachte an den Satz „Kleider machen
Leute" und daran, wie ich diesen Satz bisher selbst immer gesehen hatte. Dass zwischen Äußerlichkeiten und Kompetenz
keinerlei Zusammenhang besteht. Nun zog ich meine Überzeugung in Zweifel. Nichtsdestotrotz mochte ich Jens nicht und
suchte nach Anhaltspunkten für mein Gefühl.
„Hey, ich habe im richtigen Moment das Richtige getan! Damals, als es mit dem Internet so richtig abging, habe ich mein
Studium an den Nagel gehängt und meine Firma aufgemacht.
Inzwischen habe ich eine Reihe von Stammkunden, zwei Sekretärinnen und fast 80 Studis, die ich projektbezogen einsetzen kann. What else?"
Das Geschäftsfeld der Firma war recht einfach. Mittelständische
Firmen bis hin zu großen Konzernen beauftragten Jens, deren
Internet- und Intranetseiten zu überprüfen: Auf Funktionalität,
Übersichtlichkeit und eventuelle Fehler. Dazu hatte er die Studenten, die er darauf ansetzte, um für ihn die eigentliche Arbeit
zu erledigten. Er schrieb Rechnungen und kassierte.
„Ich will expandieren. Auf den Messen entstehen so viele Kontakte, die kann ich alleine gar nicht mehr abarbeiten. Aber als
Kundenbetreuer brauche ich einen mit Diplom. Einen, der mit
den Firmen auf Augenhöhe verhandeln kann, du verstehst
schon? Außerdem, warum soll ich selbst arbeiten, wenn ich
dafür Leute einstellen kann? Meine Devise: Vom Arbeiten kann
man nicht reich werden. Noch einen Kaffee?"
Ich nickte und überlegte, ob ich Jens nicht mochte, weil er so
großkotzig war, oder weil ich vielleicht ein wenig Neid an den
Tag legte. Immerhin hatte er es geschafft: Er war sein eigener
Chef, von niemandem abhängig und erfolgreich. Die Geschäftsräume waren im Erdgeschoss einer Jugendstilvilla untergebracht, deren Nachbarschaft überwiegend aus Ärzten und An-

wälten bestand. Das Mobiliar war auch vom Feinsten, schon alleine das Besprechungszimmer versprühte mit gepolsterten Sesseln und Marmortisch fast schon den Charme einer Vorstandsetage.

„Alles von der Steuer absetzbar", versicherte er lapidar. Wahrscheinlich, weil ich so beeindruckt wirkte, seit ich hereingekommen war. Jemand mit geringem wirtschaftlichen Verständnis hätte bei dieser Äußerung den Verdacht gewinnen können, dass der Staat für dieses Ambiente aufgekommen war, weil Jens so viel cleverer war als alle anderen Bürger. Meinen Verdacht, dass der protzige Alfa Spider mit Alufelgen und Kennzeichen KA-JV 1976 Jens' fahrbarer Untersatz war, nahm ich mittlerweile als Wahrheit hin. Normalerweise traute ich solche Schlitten nur Männern in den 50ern zu, bei denen es für den Deluxe-Potenzverstärker aus Stuttgart Zuffenhausen mit dem Pferd im Firmenlogo nicht ganz gereicht hatte. Ist es nicht eine nette Reflexreaktion, den eigenen Neid in Missachtung umzuwandeln?

„Danke Manuela!"

Der Kaffee wurde gebracht, und ich überlegte, ob der Wagen seinen Zweck erfüllte. Manuela, eine der beiden Sekretärinnen, war äußerts appe-titt-lich. Vielleicht war sie darüber hinaus auch gewandt am Telefon, beherrschte das Zehnfingersystem mit 200 Anschlägen pro Minute und war eine Koryphäe in Buchhaltung. Manchen Chefs wäre aber bestimmt schon das Äußere die Festanstellung wert gewesen.

„Da geht immer wieder die Sonne auf," schickte Jens hinterher. War er als Geschäftsmann auch so gut wie als Süßholzraspler?

„Eigentlich ist der Job ganz easy. Kundenakquise auf Messen, ab und zu mal ein bisschen rumtelefonieren, dann mal zum Kundenbesuch nach Berlin oder Hamburg fahren – natürlich auf Firmenkosten – das ist alles kein Ding."

Wenn ich Jens so reden hörte, kam ich mir reichlich dumm vor. Sein Konzept funktionierte, und er hatte ein prima Leben. Nun hatte ich die Gelegenheit, hier mit einzusteigen. Alles in allem trat er als, wenn auch recht unkonventioneller, Arbeitgeber auf, und bisher hatte ich nicht den Eindruck, dass er mich ablehnte. Was sprach denn dagegen, hier anzuheuern? Wenn das Berufsleben so einfach war, warum sträubte sich etwas in mir? Durfte ich neidisch sein, wenn ich ablehnte, das zu tun, worauf ich neidisch war? Erneut kam Manuela herein.

„Ein Herr Burgstaller wäre da." Ihr war diese Botschaft unangenehm, sie schien fast schon Angst zu haben. Bevor ich bei Jens eine Reaktion ausmachen konnte, marschierte ein Herr Burgstaller, der sich zwischen Türrahmen und Manuelas Erkern durchgeschoben hatte, herein.

„Tach Herr Velsenheimer. Tut mir leid, heute muss ich aber. Darf ich mal?"

Diese Frage war an mich gerichtet. Ohne eine Reaktion abzuwarten, zog der korpulente Schnauzbartträger, Typ Innenverteidiger Altherrenmannschaft, einen Aufkleber ab und brachte ihn geübt an dem Möbelstück an, auf dem ich saß. Dann folgten die anderen Sessel und der Marmortisch.

„Sitzen kann man auch auf Küchenstühlen. Kosten im Baumarkt nur 10 Euro das Stück. Die hier bringen zusammen mindestens 400."

Ich war baff. Der Gerichtsvollzieher! Ich war neidisch gewesen! Aber worauf überhaupt? Auf eine Fassade! Eine Fassade, der ich vielleicht meine Arbeitskraft zur Verfügung gestellt hätte. Statt dessen wurde ich Zeuge einer Zwangsvollstreckung, und damit wohl einer Firmenpleite. Einer von vielen Tausenden in Deutschland, laut Statistik. In den Medien klangen diese Nachrichten ausschließlich wie unabwendbare Schicksalsschläge. Die böse weltwirtschaftliche Lage und unser unternehmerfeindlicher Staat machten eine Firma nach der anderen kaputt. Deshalb ging es bei uns abwärts. Dass aber auch Fälle von Missmanagement, mangelnder Bescheidenheit oder Größenwahn auftraten, wurde ignoriert. „Survival of the fittest", lautet Darwins Theorie. Sollte man allen Firmen nachtrauern, die Insolvenz anmelden mussten? Ich trauerte jedenfalls nicht, obwohl sich mal wieder ein Stellenangebot zerschlagen hatte.

Jens überspielte die Situation, indem er mir die Geschichte eines nicht bezahlten Strafzettels erzählte. Angeblich sah er es nicht ein, ein Knöllchen zu bezahlen.

„Die Behinderung der Leistungsträger", nannte er es. In seinem speziellen Fall gab er vor, auf stur geschaltet zu haben und es darauf ankommen zu lassen. Ich hatte verstanden.

14.08. Lottoshow im Hotel Paradies

Ben hatte nicht zu viel versprochen: Es war eine wirklich dekadente Veranstaltung. Allein schon der Schauplatz, eines dieser Markenkettenhotels, war über meinen Ansprüchen. Bisher hatte es mein studentisches Budget erlaubt zu campen, in Jugendherbergen zu übernachten oder in Städten wie London, Paris oder Rom die jeweils unterste Klasse der Hotels in Anspruch zu nehmen. Selbst bei meinem einzigen Pauschalurlaub in den letzten Jahren war das Hotelzimmer anständig, aber eben nichts Besonderes. Das war ich gewohnt, wenn ich auswärts übernachtete.

Hier hatte jeder der Eingeladenen ein Doppelzimmer für sich alleine, selbstverständlich mit Kabelfernsehen im 16:9-Format, bestens gefüllter Minibar und eigenem Bad mit Badewanne. Eine Badewanne! Wann hatte ich mich das letzte Mal gebadet? In meiner Studibude gab es solch sanitären Luxus jedenfalls nicht. Doch der Reihe nach.

Wie kam ich überhaupt hier her? Eigentlich war ich nur als Ersatz für Ben eingesprungen. Als er letztes Jahr auf Jobsuche war, hatte er sich unter anderem bei einer amerikanischen Unternehmensberatung beworben. Der Name der Firma, das waren drei aneinandergereihte englischsprachige Nachnamen, die sich für mich sehr beliebig anhörten, mit dem Zusatz Consulting oder Company am Ende. Ich brachte das irgendwie immer durcheinander.

Dieser Laden jedenfalls hatte ihn letztes Jahr vertröstet, aber sich erlaubt, ihn in der internen Kartei als Bewerber weiterwirken zu lassen. Als er dann dieser Tage seine Einladung zum Recruitingevent bekam, sagte er zwar ab, doch mit dem unverbindlichen Hinweis, dass er jemanden kenne, der ebenfalls interessant sein könnte. Ich durfte meine Unterlagen, die ich inzwischen ja auch komplett im PDF-Format verfügbar hatte, per E-Mail einreichen, und daraufhin ging alles sehr schnell.

So kam ich also nach Düsseldorf in eben dieses Hotel, das laut Prospekt auf dieser Welt wohl in insgesamt 374-facher Ausführung steht.

In der Lobby wurden wir gleich mit Sekt empfangen, während unser Gepäck, meines bestand aus einem halb gefüllten East-packrucksack, auf das Zimmer gebracht wurde. Bereits vor dem eigentlichen Beginn des Spektakels kam ich mir hofiert vor, als ob ich ein König sei, mindestens aber ein Aufsichtsratsmitglied oder Betriebsrat bei Volkswagen. Und das alles nur, weil so eine Unternehmensberatung, deren Namen ich bis vor zwei Tagen noch nicht einmal kannte, zukünftige Mitarbeiter aus-wählen wollte.

Oberkellner, die ich einfach so aus Spaß, weil ich das in alten Filmen so gesehen hatte, gerne Pinguin genannt hätte, streun-ten durch die sich vergrößernde Menge aus ankommenden Bewerbern und verteilten, wie gesagt, Sekt, und für die ernste-ren Naturen Orangensaft. Auf chic gedeckten Bistrostehtisch-chen wurden kleinere Häppchen angeboten, und zusätzlich zu den Pinguinen wuselten ein paar Typen von der Unterneh-mensberatung herum. Sie hatten den Auftrag, herauszufinden, wer wir waren, uns mit einem Namensschildchen zu versehen und Smalltalk zu betreiben. Der, der sich an mir festklettete, hieß Marius und war schätzungsweise drei Jahre älter als ich. Ich benutze das Verb festkletten, weil ich mich auf einer nor-malen Party bestimmt nicht lange mit ihm unterhalten hätte. Er war einer dieser BWL-Schleimer, die bereits mit 22 im Pullunder aufs Unifest gingen und sich beschwerten, wenn versehentlich ein Tröpfchen Bier an ihre golfclubtaugliche Hülle kam. Nun gut, vielleicht konnte Marius mir zu einem Job verhelfen, deshalb war ich schließlich hier, also benahm ich mich und betrieb mei-nerseits ebenfalls Smalltalk. Das Gespräch blieb auch deshalb seicht, weil nach und nach neue Leute hinzukamen, die er ebenfalls mit Namensschildchen versehen musste. Es war praktisch, seichte Konversation zu pflegen, die man jeden Mo-ment ohne ein Gefühl der Unterbrechung beenden konnte.

Kleidungstechnisch hatte ich dazugelernt (das Krawatten-binden funktionierte mittlerweile recht anständig) und wieder meinen Anzug an. Wenn ich mir vorstellte, dass Robbie Wil-liams in der Royal Albert Hall und die Beatles im Prince of Wa-les Theater im Anzug aufgetreten waren, kam ich mir auch nicht mehr so albern vor.

„Lass uns reingehen", sagte Marius, „gleich geht's los."
Ich stopfte mir noch ein kleines Lachsbaguette in den Mund und trottete mit der Masse wie ein Schaf in der Herde in den Konferenzsaal, den das Hotel nach unserem Dichterfürst Goethe benannt hatte. Die Tische waren zu einem großen U aufgestellt, und an jedem Platz standen weitere Getränke in kleinsten Flaschen bereit. Alle setzten sich, und vorne sammelten sich sieben Beratertypen wie die Jünger der Kirche der letzten Gnade in einer Fußgängerzone. Alle hatten einen dunkelblauen Anzug und ein hellblaues Hemd an. Auch ihre Krawatten waren alle rot, doch schien zumindest die Wahl des Musters als individuelle Note jedem selbst überlassen. Farblich tanzte ich mit meinem Grau also ziemlich aus der Reihe; ginge es danach, müsste man mich noch entsprechend anstreichen, wollte beziehungsweise sollte ich für diesen Verein arbeiten.

Locker amerikanisch wurden wir kollektiv per Du begrüßt, und gleich zu Beginn wurde unser mögliches großes Glück beschrieben:

„Ein Arbeitsvertrag bei der Scotts Bluesman Harper Company ist wie ein Lottogewinn! Nur einigen wenigen ist dieses Glück vergönnt, und wenn ihr das Gehalt über die Jahre hochrechnet, ist das mehr als jeder geknackte Jackpot! Ihr alle habt die große Chance auf diesen Hauptgewinn."

Marius, der diese Ansprache gehalten hatte, schaute bedächtig wie ein Zeuge Jehovas in die Runde, der vor dem nahendem Untergang warnte und zugleich die Erlösung anbot. So hatte ich das noch gar nicht gesehen: Arbeit als Lottogewinn. Komischerweise wirbt die Lottogesellschaft damit, eben nicht mehr arbeiten zu müssen. Hätte Marius recht, wären wir dann in Deutschland nicht eine Gesellschaft von Lottokönigen? Denn auch ein Handwerker verdient zwischen Lehre und Altersrente einen knapp siebenstelligen Betrag. Anscheinend muss man in unserer Gesellschaft dankbar sein und sich glücklich schätzen, wenn man überhaupt arbeiten kann, also für seinen Arbeitgeber etwas leisten darf.

Außerdem, der Einsatz beim Lottospiel beträgt pro Spiel 50 Cent. Umgerechnet in meinen ehemaligen Lohn als Hiwi musste ich für 50 Cent zwischen drei und vier Minuten arbeiten, um zu den potenziellen Gewinnern zu gehören. Als Arbeitnehmer hingegen bringt man circa 40 Jahre mit 52 Wochen zu 40 Stunden ein, ist aber ein sicherer Gewinner. Wie kann man aber gewinnen, wenn es den Gegenpart des Verlustes nicht gibt? Der Vergleich Arbeitsvertrag gleich Lottogewinn hinkte meiner Meinung nach gewaltig.

Offen gesagt, es ist mir zuwider, wenn man mir etwas, was es auch immer sein mag, mit einer fadenscheinigen Augenwischerei unterjubeln möchte. Meine Reaktion darauf ist neben kritischer Distanz eine emotionale Ablehnung. Vielleicht sollte ich aber mehr auf meinen Kopf als auf meinen Bauch hören und abwarten. Vielleicht waren die Firma und der Job doch besser als deren Marketing, und vielleicht sollte ich Marius die Werbetrommel zu Ende rühren lassen.

Zunächst waren allerdings wir, die circa 20 Bewerber, an der Reihe. Also doch kein 6 aus 49.

Es fiel mir auf, dass fast die Hälfte Frauen waren. An meiner Uni hingegen war der Frauenanteil in den technischen wie in den wirtschaftswissenschaftlichen Fächern allerdings zwischen FDP-Ergebnis und Mehrwertsteuersatz. Hieß das nun, dass an anderen Universitäten mehr Frauen technische oder wirtschaftswissenschaftliche Fächer studierten als in Karlsruhe? Oder hieß das, dass die Personaler zumindest dieser Firma überproportional viele Frauen zum Auswahlverfahren einluden? Wäre letzteres der Fall, so wünschte ich mir einen Männerbeauftragten, der mich vor einer statistisch beweisbaren Benachteiligung schützte. Sei's drum.

Die Reihe der Vorstellungen meiner Mitbewerber hatte auf der anderen Seite des Us begonnen. Beruhigt stellte ich fest, erst gegen Ende der Runde mit meiner Selbstpräsentation gefordert zu sein. Beunruhigt registrierte ich jedoch einen deutlich anderen Wind als an der Uni. Hatten wir uns an der Hochschule noch alle gegenseitig bedingungslos unterstützt, ob es das Ausleihen von Büchern oder das Kopieren von Vorlesungsmitschrieben war, packten hier alle ihre Ellenbogen aus. Jeder versuchte den vorherigen zu überbieten, sei es in der Auslandserfahrung oder in der Anzahl von Fremd- oder Programmiersprachen. Jeder schien noch ein paar Hundert Kilometer weiter von der Heimat entfernt gewesen zu sein als der Vorredner, und jeder steigerte das Adjektiv gut um ein weiteres „sehr", ein „überdurchschnittlich" oder ein „außerordentlich", wenn es um die Englischkenntnisse ging.

Ich überlegte, ob ich in einer Runde von Strebern gelandet war, oder ob das die allgemein gültigen Spielregeln im Leben nach der Uni waren. Ich versuchte mir vorzustellen, wie sich all die Leute in einer Vorlesung oder einer Party geben würden. Klar, ich unterschied mich äußerlich von den andern in keinster Weise und hatte ja meinen Anzug an, um zu zeigen, dass ich ebenfalls fürs Business gerüstet war. Aber diese Glorifizierung der eigenen Person und des eigenen Lebenslaufs war mir irgendwie zuwider. Mein Gefühl für Authenzität sagte mir, dass keiner in seinem Leben alles immer richtig und am besten gemacht haben kann.

Um so mehr schmunzelte ich über eine junge Dame mit Nadelstreifenblazer und violettem Halstuch. Ich kannte sie sogar vom Sehen, da sie mir das eine oder andere mal an der Uni über den Weg gelaufen war. Zumindest für mich überspannte sie den Bogen und driftete ungewollt ins Lächerliche ab. Wie die allgemein bekannte Zahnarztfrau aus der Fernsehwerbung zeigte sie bei jeder sich bietenden Gelegenheit ihre blanken Beißerchen. An denen hatte sich jedoch ihr – passend zum Halstuch - rotvioletter Lippenstift festgesetzt, was ich sehr komisch fand. Nichtsdestotrotz verkündete sie stolz:

„Mein Name ist Marianna de Fleazue, ich bin 24 Jahre alt und habe Informationswirtschaft in Karlsruhe studiert, weil das die Uni mit der besten Bewertung im Ranking war. Ich bin zweisprachig aufgewachsen, da meine Eltern Diplomaten sind, und ich spreche fließend Englisch und Französisch. Mein Praktikum habe ich in Boston bei einer Unternehmensberatung gemacht, und meine Diplomarbeit bei einer Telekommunikationsfirma in Paris geschrieben. Jetzt suche ich eine spannende Herausforderung im Berufsleben, die meiner Qualifikation und meinen Ansprüchen gerecht wird."

An der Uni hätten wir diese Tussi bestimmt mehrheitlich ausgelacht. Nun machte es mich aber auch etwas stolz, dass sie meine Uni so sehr über den grünen Klee lobte – schließlich hatte ich ja auch immer von den guten Rankingergebnissen gehört und auf diesen guten Ruf vertraut. Die Art und Weise der Informationsvermittlung allerdings war nicht meine; diese Arroganz und Überheblichkeit, die sie mit sich führte, wollte ich nicht mit mir in Verbindung gebracht sehen.

Die Vorstellungsrunde arbeitete sich stetig Platz um Platz in meine Richtung vor, und in mir wuchsen ebenso stetig zwei Überzeugungen:

Erstens, es läuft ab wie bei den anonymen Alkoholikern: Hallo, ich bin Hans oder Wurst, und ich bin hier, weil ich ein Problem habe. Zweitens, alle haben an der besten Uni studiert. Sei das die RWTH in Aachen, die TU Darmstadt, die Uni Mannheim oder die Uni Nürnberg oder eben die TH Karlsruhe, alle glaubten unabhängig voneinander, an *der* Eliteschmiede schlechthin ihre Ausbildung genossen zu haben.

Ich überlegte, welche Möglichkeiten mir zur Vorstellung blieben. Dick aufgetragen hatte bereits andere vor mir, das konnte ich bestimmt nicht mehr überbieten. In dieser Richtung betrachtete ich zudem meine Phantasie als zu begrenzt. In den Einheitschor der durchschnittlichen Selbstbeweihräucherung wollte ich auch nicht einstimmen, deshalb versuchte ich, mit Bodenständigkeit und humorvollem Understatement meinen eigenen Weg zu finden:

„Ich bin Bodo Leiter, habe in Karlsruhe Wirtschaftsingenieurwesen studiert, und die Reputation dieser Universität hat meine Vorrednerin im violetten Halstuch bereits angedeutet. Ich bin hier, um mehr über SBH zu erfahren und herauszufinden, ob der gute Ruf, der dem Unternehmen vorauseilt, heute und morgen bestätigt wird."

Im Nachhinein durfte ich zudem feststellen, dass ich der einzige war, der das Unternehmen in die Pflicht nahm: Ausnahmslos hatten alle gesagt, wie toll sie seien und wie toll SBH wäre, doch niemand hatte angesprochen, dass man auch hier sei, um sich selbst weiter über SBH informieren zu wollen. Anscheinend hatten sich die anderen wohl bereits vor dem Auswahlverfahren entschieden, unbedingt bei diesem Laden anheuern zu wollen.

Den Fuzzies in den blauen Anzügen schien jede der Vorstellungsvarianten gleichwertig zu sein; immer sagten sie knapp

„Danke, toll, sehr interessant" und gaben weiter zum nächsten. Abschließend stellten sie erfreut fest, dass SBH erneut ausschließlich erstklassige Bewerber ausgewählt hatte. Du bist toll, ich bin toll.

Ich fragte mich, ob ich der einzige war, der diese Runde als gegenseitige kollektive Arschkriecherei empfand.

Dennoch schienen sich die SBH-Angehörigen noch nicht genug zwischen den Gesäßbacken gekitzelt gefühlt zu haben, denn es folgte eine multimediale Selbstpräsentation über das Unternehmen, die alle zuvor geäußerten Schmeicheleien in den Schatten stellte.

Via Beamer betätigte sich Marius als Folienjockey, scratchte mit Balken- und Tortendiagrammen, sprach von Beratung und Beratern als Markenprodukt, und dass in diesem Zusammenhang SBH eine einfache Philosophie habe. Der Kunde müsse einen Firmenangehörigen daran erkennen, dass er der Beste sei. Dies untermauerte er mit Geschäftsergebnissen, die vermuten ließen, dass die Weltwirtschaft ohne SBH nicht mehr existieren würde. Zu danken sei dies insbesondere den drei Firmengründern, die sich seit ihrem gemeinsamen Uniabschluss unermüdlich und 24 Stunden täglich dem Kunden, dem Geschäft und den Mitarbeitern widmeten. Amen.

Diese Show ließ für mich nur einen Schluss zu: Wenn ich nachher an Marius' Haaren schnuppere, so riechen sie nicht nur nach Scheiße, sondern zudem auch nach Magensäure, weil er beim Arschkriechen so weit vorgedrungen war.

Von dieser Selbstbeweihräucherung abgesehen wurden an diesem Abend noch Gruppen für eine Fallstudie gebildet. Das bedeutete, dass ich mit vier anderen Typen, die mir zuvor nur als Angeber aufgefallen waren, einem fiktiven Ölmulti eine Empfehlung über ein Engagement im Tschad erteilen sollte. In unserer Kleingruppe war komischerweise nichts mehr von der vorherigen Überheblichkeit zu spüren, und wir arbeiteten konstruktiv und zielorientiert zusammen. Mag sein, dass die Anwesenheit eines auserwählten und bereits erleuchteten SBH-Vertreters die Wölfe in die Schafspelze schlüpfen ließ.

Ich muss es zugeben: Es machte richtig Spass, in dieser Runde zu diskutieren, zu debattieren, gemeinsam Gedanken auszubreiten und Vorschläge zu bewerten. Als Lerneffekt zog ich die Erkenntnis heraus, dass eine Gruppe immer eine bessere Entscheidung trifft als dies eine Einzelperson tun kann. Vorausgesetzt, keines der Gruppenmitglieder ist dominant. Dominanz wurde vermieden, indem der SBH-Anstandswauwau als großer Bruder implizit über die Einhaltung nicht näher definierter sozialer Kompetenzen wachte.

Fairerweise möchte ich zugeben, dass ich anfänglich auch von meinen Gedanken als den einzig richtigen überzeugt war, und erst durch die gemeinsame Diskussion meinen Horizont erweitern konnte. Meine Lektion am heutigen Tag bestand darin, dass gemeinsames Kaffeetrinken und Reden produktiv sein kann und einen Mehrwert schafft.

Unser großer Bruder signalisierte, dass unsere Zeit zu Ende ging, und wir mussten nun noch gemeinsam entscheiden, wer morgen die Ergebnisse unserer Gruppe präsentieren sollte. Vielleicht war das nun die größte Testsituation, denn sie stellte jeden von uns vor das gleiche Dilemma: Selbstverständlich wollte jeder die Chance nutzen, sich in der großen Runde erneut zeigen zu können. Doch andere rücksichtslos auszubooten, das Heft einfach an sich zu reißen, das war auch nicht en vogue, schließlich zählten auch Dinge wie Teamfähigkeit und Akzeptanz der Leistung anderer.

Ich beobachtete, wie alle schwitzten und schwer überlegten, wie sie sowohl ihre mehr oder weniger ernstgemeinte Wertschätzung für die anderen formulieren konnten und gleichzeitig den eigenen Anspruch, als Anführer mit dem Recht, die gemeinsame Lösung vorstellen zu dürfen, nicht auszuwischen.

Besonderer Effekt dieser Situation war, dass keiner zweimal hintereinander gelobt wurde. Hatte Anton gemeint, Cäsar sei der geeignetste für die Präsentation, so konterte Bertha sogleich, sicher, Cäsar sei bestimmt geeignet, aber sie selbst sähe Dora doch noch ein wenig mehr im Vorteil. So wurde vermieden, dass der Trend einen Vertreter bevorzugte. Denn dieses Festlegen auf einen Dritten hätte den Ausschluss der eigenen Person nach sich gezogen.

Mir fiel auf, dass im Prinzip jeder jeden für geeignet hielt, den Job aber am liebsten selbst übernommen hätte, sich dies aber

nicht zu sagen traute. Offensichtlich sehnten sich alle eine ordnende Hand herbei, die die ausstehende Entscheidung, am
besten in ihrem eigenen Interesse, für sie traf. Außerdem wies
jeder die erhaltenen Lorbeeren zurück und bezichtigte wiederum einen dritten der höchsten Kompetenz.

„Wir drehen uns im Kreis," stellte ich fest. „Es kann doch nicht
sein, dass wir hier gemeinsam die Ideen von fünf Leuten sammeln, bewerten und koordinieren können, aber nicht in der Lage
sind, die einfachste Aufgabe zu lösen. Der Pressesprecher ist ja
auch nicht der, der sich zuvor den Kopf zerbrochen hat, und
das ist allgemein bekannt."

Mein Ehrgeiz, unbedingt die Ergebnisse präsentieren zu dürfen,
war zwar bestimmt geringer als der der anderen, doch meine
Angst vor einem Fehler im Auftreten vor unserem großen Bruder war es ebenfalls. Deshalb hatte ich beschlossen, diesem
Getue ein Ende zu bereiten.

„Meiner Meinung nach ist Bertha diejenige, die die Chance
verdient hätte, unser Ergebnis vorstellen zu dürfen. Es sei
denn, sie wünscht sich einen Pressesprecher. Natürlich bin ich
bereit, falls Bertha nicht will, diesen Part für sie zu übernehmen."

Bertha wiederum, das sollte ich vielleicht sagen, war in der
Ausarbeitung als einzige äußerst blass geblieben. Jetzt wollte
sie die Gelegenheit, die ich ihr, recht unverhofft, bot, nicht unbedingt verstreichen lassen, aber auch die zuvor bestehende
Etikette wahren.

„Danke für die Blumen, Bodo. Klar bin ich bereit, unser Ergebnis vorstellen, doch das sollte letztendlich die Gruppe entscheiden. Vielleicht sollten wir noch abstimmen, wer dafür ist, ob
nicht doch Bodo als Pressesprecher unser Ergebnis vorträgt?"

Es erhoben sich abzüglich meiner Enthaltung alle anderen
Hände, und ich nahm die Wahl an. Das war vielleicht eine
schwere Geburt! Ich war eher über das Ende dieser Prozedur
froh, als dass ich mich über das geschickte Ergattern der Präsentation freute.

Für heute war das der offizielle Teil, und wir wurden wieder
kulinarisch verwöhnt. Das Kettenhotel zeigte, dass es eine
bessere Küche hatte als manche weltweit aktive Restaurant-

kette. Während und nach dem Mahl unterhielten wir uns an den Tischen über SBH, die Weltwirtschaft und unsere Unis. Dazu saßen immer drei Bewerber mit einem der Big Brothers an einem Tisch, ich hatte wieder Marius erwischt. An meinem Tisch war eine weitere Ausgabe von Marius, eben nur drei Jahre jünger und noch nicht in Lohn und Brot. Er ging mir jedenfalls tierisch auf den Senkel. Es war nicht zwingend der Umstand, dass er in Chicago ein ach so tolles Praktikum bei einer ach so tollen Firma gemacht hatte. Vielmehr regte es mich auf, dass er in Bezug auf sein tolles Praktikum alle wirtschaftlichen Fachbegriffe auf Englisch sagte und so übertrieben amerikanisch aussprach, als müsse er vor George Dabbel-You einen Originalitätstest ablegen.

Da es mittlerweile schon halb zwölf Uhr nachts war und das Gespräch nicht wirklich meine Begeisterung weckte, verabschiedete ich mich von der gemeinsamen Runde mit dem wärmsten Grüßen bis zum nächsten Morgen. Genüsslich verbrachte ich noch eine dreiviertel Stunde mit Eukalyptusschaum in der Badewanne meines Hotelzimmers, bevor ich entspannt zu Bett ging, um fit und ausgeruht den nächsten Tag bestreiten zu können.

15.08. Ausgetrickst

Unternehmensberatung, warum eigentlich nicht? Dachte ich, als ich in meinem weichen Hotelbett aufwachte, lange bevor der abends zuvor bestellte Weckanruf fällig wurde.

Sicher, ein paar der Typen sind schon nervig, aber sonst? Die Verpflegung ist top, man muss sich nicht um lästige Pflichten wie Abwaschen oder Putzen kümmern, und obendrein kommt man noch ordentlich in der Weltgeschichte herum. Warum also nicht? Es wäre die Alpha-Bescheinigung für mich als Arbeitskraft. Unternehmensberatung, das ist die Arche Noah für Arbeitnehmer.

Ich duschte mich kurz, schlüpfte in meinen grauen Anzug und zog vor dem Spiegel meine Krawatte zurecht. Dann wartete ich noch kurz, bis der Weckanruf kam, weil ich nicht wusste, was passierte, wenn ich nicht mehr in meinem Zimmer wäre. Würde das Telefon endlos lange bimmeln, oder würde man einen Pagen mit einem Eimer kalten Wassers schicken?

Der innen komplett verspiegelte Fahrstuhl ermöglichte eitlen Naturen eine Überdosis an Selbstbewunderung, so dass ich mit dem sicheren Gefühl eines perfekt sitzenden Outfits und einer perfekt sitzenden Frisur den Frühstücksbereich betreten konnte.

Zu meiner Verwunderung war ich einer der letzten, denn an den Tischen waren kaum noch Plätze frei. Dabei war es noch fast eine Stunde hin, bis es offiziell weitergehen sollte.

Ich schnappte mir einen Teller und pickte mir aus der reizvollen Auswahl exquisiter Lebensmittel zwei backfrische Brötchen, portionierte Butter, portionierten Akazienhonig, drei Scheiben Käse, ein duftendes Croissant, ein warmes Ei und ein Schälchen mit frischem Obstsalat heraus. Dazu kam noch ein Glas mit frisch gepressten Orangensaft, und erfolgreich balancierte ich meine Jagdbeute zu einem der Tische. Ich glaube, es wäre mir ziemlich peinlich gewesen, hätte ich etwas fallen gelassen. Zu sehr hätte ich zugeben müssen, der Student zu sein, der bei dieser Gelegenheit die Gunst der Stunde nutzend mal so richtig kräftig zuschlagen möchte. Als ich mich setzte, realisierte ich die Unmenge, die ich mir unter den Nagel gerissen hatte und stellte mich selbst unter den Zwang, nun auch alles aufessen zu müssen.

Die Leute an meinem Tisch entsprachen so ziemlich genau meiner Gruppe der gestrigen Fallstudie. Sie wünschten mir zwar alle einen guten Morgen, doch irgendwie hatten sie um sich einen unsichtbaren Kreis geschlossen. Ihrem Gespräch entnahm ich, dass es gestern wohl noch zu akademischen Trinkspielchen gekommen sein durfe und erst gegen halb vier zu Ende gegangen war. Bestätigt wurde dies durch die nur schwer geöffneten Augen des einen oder der blassen Haut des anderen.

Als mein perfekt gekochtes Frühstücksei, ein Käsebrötchen und die Hälfte des Croissants in den ewigen Jagdgründen verschwunden waren, sprach mich Bertha an.

„Bodo, schade, dass du uns gestern so schnell verlassen hast. Wir haben uns auch noch einmal kurz über unsere Fallstudie unterhalten. Uns sind ein paar Dinge eingefallen, die wir ändern und ergänzen möchten."

Sie machte eine Pause, doch ich hatte den Mund mit Croissant voll, so dass ich diese nicht nutzen konnte. Bevor ich die Backware hinunter geschluckt hatte, redete Bertha weiter.

„Unter uns gesagt, Marius hat uns noch ein paar Tipps gegeben, weil er möchte, dass seine Gruppe besonders gut abschneidet. Naja, und weil du jetzt damit nicht vertraut bist, haben wir auch noch entschieden, dass jetzt Cäsar die Vorstellung übernimmt."

Paff! Kann mir einer sagen, was ich davon bitte halten soll? Kaum ist man nicht da, wird hinterrücks umentschieden! Wozu haben wir eigentlich abgestimmt? Damit sich anschließend keiner dran hält? Und was erlaubt sich Marius? Erst stellt er die Spielregeln auf, und wir kommen gemeinsam und konstruktiv zu einem meiner Meinung nach sehr guten Ergebnis. Dann, hinterher, ändert er in meiner Abwesenheit die Regeln. Was bitte sollen diese tollen Änderungen und Ergänzungen sein? Was bitte sollen wir übersehen haben?

„Ja, ist ok. Wir hatten ja sowieso das Luxusproblem, aus vielen gleich gut geeigneten Kandidaten einen rauszupicken."

Obwohl ich innerlich brodelte, hatte ich mich entschieden, dem Team nicht in den Rücken zu fallen. Vielleicht war es meine Unzufriedenheit, die mich kräftig und mit hoher Frequenz kauen ließ. Jedenfalls ließ ich nichts von dem übrig, das ich mir auf meinen Teller geladen hatte.

Nach dem Frühstück bekamen wir Flipchartpapier und Eddings, um unser Ergebnis optisch aufbereitet in der Runde präsentieren zu können. Dazu zogen sich die Gruppen in jeweils eine Ecke des Seminarraums Goethe zurück, und bei uns schien alles wie einstudiert und aufeinander abgestimmt abzulaufen. Nur mit dem Schönheitsfehler, dass ich nicht gebraucht wurde. Offenbar hatte ich gestern Abend in der Badewanne den Anschluß an meine Gruppe verloren. Viel schlimmer, ich kam mir regelrecht hinterrücks ausgebootet vor. Mir wurde Unrecht angetan! Wer rechnet schon damit, dass abends, nach dem Essen, die Arbeitsaufgabe des Tages abermals aufgerollt wird. Dienst ist Dienst, und Schnaps ist Schnaps, heißt es! Den Dienst hatte ich getan, und auf den Schnaps verzichtet, um heute ausgeruht den Dienst wieder aufnehmen zu können. Statt dessen wurde ich allerhöchstens dazu benötigt, den roten Edding gegen den blauen einzutauschen, damit die anderen, zusammengehalten von Restalkohol und schwerem Kopf, den großen Auftritt von Cäsar vorbereiten konnten.

Natürlich interessierte es mich, was denn nun verändert oder ergänzt worden war. Für mich stellte sich das neue Konzept allerdings nicht als gravierend besser dar; im Gegenteil, es ließ Fragen offen, die ich als elementar wichtig erachtete. Obwohl, so genau konnte ich es nicht bewerten, denn mir fehlten die Informationen, die auf der Tonspur weitergegeben werden würden. Bevor ich mich mit Unkenntnis bloßstellte, beschloß ich, erst mal abzuwarten.

Unsere Zeit zur Vorbereitung war vorbei, und die anderen rollten die Plakate ein, die irgendwie auch meine sein sollten. Dann begann das Showprogramm.

„Auch wenn ich jetzt hier vorne stehe, so ist es doch die Leistung von uns allen, die ich nun vorstellen werde."

Cäsar stand vorne und hatte begonnen zu präsentieren. Mit einer Handbewegung zeigte er auf den Rest der Gruppe, den er vorab in die Schusslinie des erwarteten Applauses rücken wollte.

„...und deshalb sind wir der Ansicht, dass die Regierung erster Ansprechpartner für die Umsetzung unseres Anliegens ist. Fragen sind erwünscht, und wir werden sie beantworten."

Wieder hatte er auf die Gruppe gezeigt. Immerhin, da war ich nun wieder dabei, und nach außen hin drang es nicht durch, dass ich nichts mehr mit der Ausarbeitung zu tun hatte, weil ich über Nacht abgesägt worden war.

„Wir alle wissen, dass Staaten in dieser Region äußerst labile Gebilde darstellen. Die Pipeline wird durch ein Gebiet eines Stammes gehen, der separatistische Interessen zeigt. Ist es nicht ein Risiko, sich in diesem Fall nur an die zentralistische Regierung mit einem repressiven Machtapparat zu wenden, statt im Vorfeld den Kontakt zu den Leuten vor Ort zu suchen?"

Ich hatte diese Frage aus zwei Gründen gestellt. Vielmehr aus drei Gründen, wenn ich berücksichtige, dass ich sie auch noch als fachlich richtig betrachtete. Zum einen wollte ich mich von der Gruppe distanzieren und mitteilen, dass ich weiter gedacht hatte als die anderen. Zum anderen war es mir ein Anliegen, mich für das ungehörige Verhalten, mich hinterrücks zu hintergehen, zu rächen, indem ich Cäsar anprangerte, ein unbrauchbares Konzept vorzustellen. Mein Konzept ging auf, den es entwickelte sich eine rege Diskussion, in der der Vorschlag „meiner" Gruppe aufs Schärfste kritisiert wurde, nachdem ich mich davon erfolgreich distanziert hatte. Zufrieden lehnte ich mich zurück und suchte den Blickkontakt mit Marius, auf dessen Mist das neue Konzept angeblich gewachsen sein sollte. Allerdings schaute er nicht in meine Richtung, aber das bot sich während der Diskussion, die ich still und genüsslich verfolgte, auch nicht unbedingt an.

Im Prinzip hatte ich meinen Beitrag geleistet, denn nun hieß es abwarten: Die Präsentationen der anderen Gruppen, die dazugehörigen Diskussionen, das Dankeschön von SBH für die tollen zwei Tage und den Zeitpunkt meines Feedbackgesprächs. Während wir abermals bewirtet wurden, zogen sich die mit den roten Krawatten wie das hohe Gericht zur Beratung zurück. Danach wurden wir einzeln aufgerufen, damit man uns sagen konnte, ob wir nun ein Jobangebot bekämen oder nicht. Mein Feedbackgespräch war mit Marius.

„Bodo, wie ist deine Vorstellung vom Alltag eines Unternehmensberaters?"

Hm, wie war sie denn nun? An der Uni kursierten die wildesten Gerüchte über Unternehmensberatungen, aber eine konkrete Vorstellung, die um den Legendenfaktor bereinigt war, hatte ich, ehrlich gesagt, nicht. Was wollte er denn hören? Welche Antwort wäre taktisch klug? Endlich mal einen Job angeboten zu bekommen würde mir sehr gut tun.

„Ich habe keine Vorstellung, weil ich noch keine Erfahrung als Unternehmensberater habe. Was man an der Uni aus zweiter Hand mitbekommt, nehme ich zur Kenntnis, ohne es als endgültige Wahrheit abzuspeichern."

Er machte sich Notizen auf einem Block, den er auf Tischkante und Oberschenkel schräg aufliegen hatte, so dass ich nicht sah, was er schrieb.

„Am Anfang warst du sehr stark. Du hast dich prima in der Gruppendiskussion eingebracht und letztendlich Bereitschaft gezeigt, Verantwortung zu übernehmen. Im Prinzip warst du Herbstmeister mit 10 Punkten Vorsprung. Fachlich gibt es an deiner Qualifikation keinen Zweifel."

Fachlich ok, nun gut. War das ein gutes Signal, oder der Hinweis auf Defizite, die ich an den Tag gelegt hatte, die nicht ins Anforderungsprofil passten? Was war denn das Gegenteil von fachlich, wo ich meine Schwächen haben sollte?

Diese Frage konnte ich mir nicht beantworten, vielleicht tat es er. Mir war bewusst, wie viel von der nächsten Minute abhing. Auch wenn ich das gestrige Beispiel unpassend fand, dachte ich an die einführende Metapher mit dem Lottogewinn zurück. Jetzt befanden wir uns mitten in der Ziehung, und es ging um meine Zukunft. Sagten sie ja und böten mir einen Arbeitsvertrag an, so handelte es sich um die nächsten 3-5 Jahre, denn so lange sollte man laut Karriereratgebern in der ersten Anstellung verbleiben, um einen politisch korrekten Lebenslauf vorweisen zu können. Sagten sie nein, so ging es um die kommenden Tage, Wochen und vielleicht sogar Monate, die ich weiterhin arbeitssuchend zu verbringen hätte.

„Lass es mich so erklären. Unsere Arbeit hat eine ungemeine Außenwirkung. Meistens sind wir direkt beim Kunden. Der bezahlt uns ein Schweinegeld, und dafür möchte er auch etwas haben. Es würde einen schlechten Eindruck hinterlassen, wenn wir um fünf die Hände in den Schoß fallen ließen und nach Hause gingen. Statt dessen wird von uns Einsatz rund um die Uhr erwartet. Dafür, das hast du mitbekommen, leben wir ganz gut. Aber welchen Eindruck, glaubst du, macht es auf einen Auftraggeber, wenn wir bei der Ergebnisübergabe einen Zweifel an der Richtigkeit unserer Arbeit aufkommen lassen? Auch wenn wir dir jetzt kein Angebot machen können, ich persönlich bin mir sicher, dass du deinen Weg gehen wirst."

28.08. Bodo allein zu Haus

Lautlos glitten Ben und ich über einen edlen Teppich, vorbei an einem uniformierten Pagen, der höflich grüßte, und wir glitten weiter, bis wir die Hotelbar erreicht hatten. Unter Studenten war sie ein Geheimtipp: Donnerstags wurden die Cocktails zum halben Preis ausgeschenkt, so dass man auch ohne ein Einkommen jenseits der Spitzensteuersatzfälligkeit in den Genuss eines edlen Ambientes kam. Der Umgebung angemessen hatten wir uns gekleidet, Anzug und Krawatte, nur dass ich mich deutlich wohler fühlte als bei einem Vorstellungsgespräch.

Der Raum hatte eine hohe Decke, war in warmen, dunklen Tönen gehalten und wurde von gemütlichem Licht und Pianojazz in angenehmer Lautstärke gefüllt. Die Stirnseite der Bar war vollständig verspiegelt, so dass der Raum größer wirkte als er eigentlich war. Dies alles förderte eine Atmosphäre, in die man entweder intim eintauchen konnte, nahm man in den braunen Ledersesseln an einem der Tische Platz, oder auf der man schweben konnte, stellte man sich direkt an die Bar.

Wie geheim der Tipp war, konnten wir feststellen, als wir unsere Blicke über die anderen Gäste schweifen ließen. Neben ein paar Geschäftsleuten, denen die Happy Hour egal war, erkannten wir unter den Studenten das eine oder andere bekannte Gesicht. Beeindruckt war ich von zwei mir entfernt bekannten Kommilitoninnen, die ich zuerst gar nicht erkannt hatte. Auch sie hatten sich dem Anlass angemessen gekleidet und gestylt. Erst durch Bens Hinweis „Weißt du nicht, wer das ist?" wurde mir klar, dass sie keine Unbekannten waren. Sie hatten wahrlich ein Kompliment für ihr Outfit verdient.

Mein Rundblick hatte mein Spiegelbild erreicht, und ich stellte zufrieden fest, dass auch ich durch die Abendgarderobe optisch aufgewertet wurde. Mein Anzug verlieh meinem Körper eine sportlich elegante Erscheinung. Ich war zufrieden und fand Gefallen an einem Stil, den ich mit Glück bald häufiger pflegen konnte.

Wir standen nach wie vor, orientierten uns noch, und ich erzählte Ben von meinem Gespräch beim Lebensmitteldiscounter.

„Die Firma hat bei mir angerufen, weil ich im Absolventenbuch zu finden bin. Sie haben Interesse signalisiert, und ich war gerne bereit, den Prozess fortzusetzen und bin zum Vorstellungsgespräch gegangen. Als ich dann dort war, fragte mich der Typ, weshalb ich mich denn für sein Unternehmen interessiere! Meinst du, die Masche zieht? Frauen gucken bestimmt ganz dumm aus der Wäsche, wenn du hingehst und sagst: Warum interessierst du dich für mich?"

Wir wurden unterbrochen, weil jemand von der Bar zu uns gekommen war. Es war Patrick, mit dem ich vor vier Jahren gemeinsam auf die eine oder andere Prüfung gelernt hatte. Scheinbar hatten wir auf sein Winken nicht reagiert.

„Hey Bodo, hey Ben! Ihr auch hier? Wie geht's? Stoßt mit mir an, ich feiere meinen Job!"

Er führte uns an die Bar, wo noch drei weitere Typen standen, die wir kannten. Patrick hatte sich eine dicke Zigarre gegönnt, Sekt auffahren lassen und er goss uns ein.

„In gut vier Wochen fange ich an. Unternehmensberatung. Ich komme nach Brüssel, dort haben die ein Projekt mit der EU laufen. Wisst ihr genaueres von Martin und Stefan? Sind die zwei immer noch auf Achse? Bodo, was macht deine Jobsuche?"

In der Tat hatte ich von Martin und Stefan, die mit einem Around-the-world-ticket unterwegs waren, eine Postkarte aus Namibia erhalten und bereits drei der „Reiseberichtssammel-E-Mails an alle" bekommen, allerdings schnellstmöglich verdrängt. Hoffentlich hatten die beiden auf ihrem Trip die unangenehmste Diarrhö der dritten Welt bekommen, die ich aber auch verschweigen würde, möchte ich andere neidisch machen. Manchmal fällt es schwer zu gönnen, wenn man selbst auf keinen grünen Zweig kommt. Martin und Stefan hatten vor über einem Jahr ebenfalls bei einer Unternehmensberatung ein Praktikum absolviert und dabei bereits einen Vorvertrag unterzeichnet, der ihnen eine Festanstellung garantierte. Angeblich soll bei diesem Vorgang auch noch ein Handgeld, genannt „Sign-up-Bonus", von 5.000 Euro geflossen sein.

„Meine Jobsuche? Die läuft. Ich hatte schon einige Gespräche, auch schon das eine oder andere Angebot. Ich warte aber noch ab, bis das Richtige dabei ist."

Wir unterhielten uns noch kurz, und verließen dann die Runde, um unsere Platzwahl fortzusetzen, und Ben entschied sich für die Ledersessel. Sie erinnerten an den Club der Millionäre aus den Donald-Duck-Comics.

„Wir trinken Caipi!", bestimmte er. Übermorgen würde er nach Brasilien aufbrechen, nun wolle er sich einstimmen. Ich ärgerte mich, dass ich nicht mitkommen konnte, und war zusätzlich von Patrick – der dies allerdings ohne Absicht tat – angestachelt worden. Über zwei Monate hatte ich mittlerweile Zeit gehabt, meine Jobfrage zu klären, ohne Erfolg. Ben hatte alles geregelt – einen Arbeitsvertrag und nun vier Wochen Urlaub. Ich musste mein Leben noch ordnen, bevor ich mich belohnen konnte.

„Was wolltest du als Kind werden?", fragte ich Ben und wechselte das Thema. Ich war es leid, über eine Reise zu sprechen, die mir vorenthalten blieb.

„Wolltest du wirklich wissenschaftlicher Mitarbeiter an der Uni werden, um anschließend als Promovierter dein Geld zu verdienen?"

Er bestätigte meine Suggestivfrage, entgegnete jedoch, dass die Berufswünsche als Kind und Jugendlicher nur Phasen seien, die vorübergingen. Ich wollte hingegen auf etwas anderes hinaus.

„Wir wollten früher Astronaut werden, Pilot, Filmstar, vielleicht Rennfahrer oder Nationalspieler. Ich frage dich: Haben wir jemals auch nur einen ernsthaften Schritt unternommen, um diese Träume zu verwirklichen? Nein, haben wir nicht! Wir haben nur weiter geträumt, aber unser komplettes Leben auf eine solide, bürgerliche Existenz im gesellschaftlichen Niemandsland ausgerichtet. Weder mit fünf, noch mit fünfzehn oder mit Fünfundzwanzig: Niemals haben wir gesagt, Manager wäre unser Traumberuf. Wir haben den Erwartungen unseres Umfeldes entsprochen: Mach was Anständiges, sei kein Traumtänzer, Astronaut kann nicht jeder werden.

Es kommt mir vor, als ob wir unsere, oder ich zumindest meine Wünsche, nicht ernst genommen haben. Sie waren zweitrangig, gut für Tagträumereien, um sich vom Alltag abzulenken. Wenn ich ehrlich bin: Mit Brasilien ist es genau so. Das gleiche Muster, das ich brav verinnerlicht habe: Ich darf erst an meine Träume denken, wenn ich in der normalen Welt funktioniere. Oh Mann, ich wäre so gerne mitgekommen!"

Ben schwieg und ließ mich lamentieren. Einen Vorteil hatte ich ihm gegenüber. Ich konnte mich immerhin besaufen, da ich morgen keine Reisevorbereitungen zu erledigen hatte.

09.09. Mitten im Geschäft

Nachdem ich den Eingangsbereich mit einer obligatorischen Anmeldung bei einer perlenkettenbehängten Dame passiert hatte, lief ich durch die prachtvoll ausgestattete Eingangshalle des Bankenhochhauses. Der Fußboden war aus gepflegtem Marmor, in dem man sich spiegeln konnte. Man musste vorsichtig gehen, um nicht auszurutschen. Die Wände wurden von verdeckt angebrachten Strahlern mit indirektem Licht angehaucht, und diverse Gemälde zeugten nicht nur von Geld, sondern auch von gönnerhaftem Mäzentum. Ich begriff, dass der in unserer Gesellschaft ausgediente Adel mit seinen Schlössern in der pompösen Innenarchitektur der Großfinanzbranche einen würdigen Nachfolger gefunden hatte. Ich glitt weiter bis zu den Aufzügen, drückte und wartete. Ich entdeckte dezent angebrachte Kameras, die meine Anwesenheit dokumentierten. Ein leises Bing verkündete die Ankunft eines Fahrstuhls, und ich stieg ein. Ein teuer gekleideter Herr Anfang 50 war bereits auf Reise zwischen den Etagen, und er sagte, ohne mich direkt anzuschauen, „Guten Tag". Ich wünschte ihm ebenfalls einen solchen und überlegte, ob er vielleicht schielte. Er schielte nicht, denn nun warf er mir eindeutig einen missmutigen Blick zu. Ohne mir einer Schuld bewusst zu sein blieb ich still, drückte den Etagenknopf und verharrte neben dem Griesgram. Komischerweise redete er weiter, zusammenhangslose Halbsätze, obwohl außer uns keine weitere Person anwesend war. Ob man verrückt wird, wenn man in diesem Haus arbeitet? Ich versuchte, seine Worte zu verstehen. Selbstgespräche waren es keine, mir schien vielmehr, er telefonierte. Doch die eine Hand hielt ein paar Papiere in einer Plastikhülle, und die andere umklammerte etwas in seiner Hosentasche. Dann sprach er seinen imaginären Gesprächspartner direkt mit „Herr Dr. Kopsch" an. Um sicher zu gehen, dass er nicht doch mich meinte, richtete ich meinen zuvor gesenkten Blick zu ihm auf. Eine Armlänge von mir entfernt sah ich das dünne Kabel, das sich aus seinem Ohr schlängelte und auf Brusthöhe unter seinem Sakko verschwand. Er telefonierte doch: Auf dem höchsten Stand der Technik. Er wollte weiter nach oben fahren als ich, und ihm zuliebe stieg ich ohne Verabschiedung aus.

Eine Sekretärin erwartete mich bereits und führte mich in ein Besprechungszimmer, in dem ich auf meine Gesprächspartner warten sollte. Ich nahm Platz, trocknete meine feuchten Hände notdürftig mit einem Papiertaschentuch und starrte auf die Tür. Hätte ich vor dem Termin onanieren sollen, um mich zu entspannen? Meine Pünktlichkeit war vorbildlich: 10:58 Uhr, und um 11:00 Uhr war der offizielle Termin. Als ich sah, wer mit mir über meine potenzielle Zukunft in diesem Haus sprechen sollte, verschlug es mir die Sprache.

Sabine! Cool, das war doch Sabine, die als zweites, hinter einer seidenbeschalten Dame Mitte 30 eintrat. Sabine und ich, wir kannten uns aus Studienzeiten, und jetzt saß sie mir hier gegenüber. Schon irre, da hatten wir uns zwei Jahre lang nicht gesehen, uns zum Geburtstag eine E-Mail geschrieben, und wo trafen wir uns wieder? Bei einem Vorstellungsgespräch in einer Bank! Welch ein Zufall!

Sicher, sie hatte mal erwähnt, dass sie inzwischen einen Job hatte und im Berufsleben stand, doch den Namen ihres Arbeitgebers hatte ich mir weiß Gott nicht gemerkt.

Da saß sie nun, in ihrem Business-Kostüm, angeclipten Firmenausweis und hochgesteckten Haaren. Vor ihr lagen Stift und Papier, und sie blätterte scheinbar interessiert in meinen Bewerbungsunterlagen, als ob sie noch etwas über mich erfahren könnte. Was sie wohl gerade dachte? Dachte sie etwa daran, dass es einmal zu einer erotischen Verwicklung gekommen war? Das war vor circa drei Jahren im Anschluss an die Geburtstagsparty eines gemeinsamen Bekannten. Obwohl wir beide reichlich betrunken waren, kann ich mich noch recht genau daran erinnern. Sie war mitten im Stress mit ihrer Diplomarbeit und glaubte nicht mehr so recht an sich. Um sie aufzurichten hatte ich ihr nach und nach Mut zugesprochen, und nach und nach waren wir uns körperlich näher gekommen, und am Ende kam eins zum anderen.

Wie gesagt, das war mittlerweile drei Jahre her, und hier begegneten wir uns unter völlig neuen Voraussetzungen.

Prüfend schaute ich sie an und erkannte, dass es ihr lieber war, so zu tun, als ob wir uns nicht kannten. Dennoch hob sich meine Stimmung, denn außer dem unschätzbaren Vorteil, endlich jemanden auf der anderen Seite zu kennen, hatte ich die Gewissheit, nicht durch das Qualifikationsraster zu fallen. Schließlich konnte ich bessere Diplomnoten aufweisen als Sabine.

„Hatten Sie eine gute Anreise, Herr Leiter?"

Sabines Kollegin begann das Gespräch auf die mir schon vertraute Weise mit Smalltalk.

„Ja, danke, auch das frühe Aufstehen hat wunderbar funktioniert", entgegne ich, mit der Absicht, meine soeben gewonnene Lockerheit zu demonstrieren und meine mehrstündige Bahnfahrt anzudeuten. Jedoch traf mich ein strafender Blick von Sabine, den man mit dem einer Mutter vergleichen kann, die ihr Kind in der Kirche um Ruhe anhalten möchte.

„Zu Beginn möchte ich Ihnen ein paar Dinge zu unserem Unternehmen erzählen. Unser Erfolg ist in erster Linie dem permanenten Einsatz unserer Mitarbeiter zu verdanken. Die Kernarbeitszeit beginnt um 8:00 Uhr ..."

Ich hatte mich gründlich in die Nesseln gesetzt. Denn meine Äußerung wurde auf dem Kanal Charaktereigenschaft „Komme ich heute nicht, komme ich morgen auch nicht" empfangen. Sabine, die mich und meine teils flapsige Art kannte und richtig einzuschätzen wusste, war hier als Protokollantin geladen und mir dämmerte, dass ihre Meinung keinen entscheidenden Stellenwert hatte. Ich verkniff mir weitere Witzeleien. Als meine Stärke hätte ich beispielsweise anführen können, immer einen Kaffee für spontane Gäste im Haus zu haben. Sabine durfte es unter den hier gegebenen Umständen nicht lustig finden. Bei ihrer Kollegin, die das Sagen hatte, fiel Humor auf trockenen Boden.

Trotz des schlechten Starts, so glaubte ich, gelang es mir, inhaltlich zu überzeugen. Keine meiner Antworten auf die folgenden Fach- oder Persönlichkeitsfragen hätte ich im Nachhinein anders gegeben. Dennoch verlor ich nie das Gefühl, durch meinen ersten Eindruck bei dem Seidenschal gebrandmarkt zu sein.

Auch das Ende war vertraut: Danksagung für das Gespräch und Aussicht auf eine Nachricht in den nächsten Tagen. Im Hinausgehen flüsterte ich Sabine ins Ohr, ob sie noch wüsste, wie mein Kaffee schmeckt. Sie wurde rot und war froh, dass es unter uns blieb.

09.09. Einblicke – Lessons Learned

Ich war kaum zu Hause, da klingelte das Telefon. Erster Gedanke: Mein Vater. Wie üblich hatte ich von meinem heutigen Vorstellungstermin erzählt, um ihm zu signalisieren, dass sich etwas tat. Auch wenn ich noch keinen Anstellungsvertrag vorweisen konnte, ich war bemüht und lag nicht auf der faulen Haut. Dass er mir dies vorwarf, suggerierten mir seine stets bohrenden Fragen.

Meine Situation war aber auch mir beileibe nicht angenehm. Den Traum von Brasilien hatte ich zwar noch nicht ganz abgeschrieben, doch mir war mittlerweile bewusst geworden, dass es nicht leicht war, an einen Job zu kommen, auch wenn ich ein Diplom der Universität Karlsruhe vorweisen konnte. Dies sollte angeblich Gold wert sein. Oder war ich nur ein dummes Opfer simpelster Propaganda? Es war bequem zu glauben, man habe es mit unvergleichlichen Anstrengungen zu tun, die einen über den Durchschnitt hinaus hervorstechen ließen. Immer wieder hatte man uns das eingetrichtert, seitens der Dozenten oder Gastreferenten, die aus der Wirtschaft kamen und ihrerseits ebenfalls in Karlsruhe studiert hatten. Wir nahmen diese Streicheleinheiten stets gerne an, verstärkten und verinnerlichten sie, denn sie waren angenehm. Es war einfacher, dem Mechanismus dieses Schmeichelsystems zu glauben als ihn in Frage zu stellen. Ist es nicht vielmehr so, dass an allen Hochschulen die Studenten derart eingeschworen werden? Gibt es überhaupt eine unter den vielen anderen deutschen Universitäten, die ihren Studenten klar und deutlich sagt: „Was ihr bei uns lernt, ist magerer Durchschnitt?"

Das Unangenehme war nach wie vor das Abwarten. Der zeitliche Input, den ich für meine Jobsuche aufbrachte, lag im Durchschnitt bei etwa 2 Stunden täglich. Mehr war aber auch nicht möglich, denn es genügte meines Erachtens, zweimal wöchentlich die gängigen Plattformen im Internet zu überprüfen, am Wochenende die großen Tageszeitungen zu durchforsten und eventuell neu auftauchende Stellenangebote zu bearbeiten. Das Versenden meiner Unterlagen war mir zur Routine geworden, aber dann begann immer wieder das Warten. Warten, ob ein großer Umschlag mitsamt meinen Unterlagen zurückkam (die häufigste Variante mit sehr kurzer Reaktionszeit), oder ein kleiner. Im kleinen Umschlag war entweder der mit herzlichem Dank begleitete unverbindliche Hinweis enthalten, dass meine Bewerbung eingegangen und dem hausinternen Prozess zugeführt worden sei. Dies geschah meist auch recht zügig. Oder, und das war leider eher selten, ich wurde zu einem persönlichen Gespräch eingeladen.

Ab einem gewissen Punkt entzieht sich so ein Bewerbungsprozess des eigenen Einflusses, und man ist auf das angewiesen, was das Schicksal mit einem vorhat. Mittlerweile war ich der Ansicht, dass das Bewerben mehr mit Glück, wie etwa der Kauf eines Loses der SKL und dem darauf folgenden Warten auf einen Gewinn, als mit eigenem Vermögen zu tun hatte. Ein Arbeitsvertrag als Lottogewinn – vielleicht war dieses Bild doch nicht so verkehrt?

Das Telefon klingelte, und ich legte mir schon ein paar Argumente für meinen Vater zurecht. Immerhin hatte er mir kürzlich einen Scheck zukommen lassen, der mein vorübergehendes materielles Überleben sicherte. Jetzt wollte er sicherlich wissen, ob seine Unterstützung gerechtfertigt sei und ich auch wirklich alles in meiner Macht stehende unternahm.

Doch es war Sabine. In erster Linie war ich beruhigt, nicht schon wieder meine Rechtfertigungen anbringen zu müssen und die Ergebnislosigkeit meines heutigen Unterfangens zu erklären. Denn das fand ich ebenfalls komisch. Bisher hatte ich in keinem Gespräch an Ende eine klare Antwort zu hören bekommen: „Herr Leiter, leider können wir ihnen kein Vertragsangebot machen" oder „Herr Leiter, wir würden Sie gerne als neuen Mitarbeiter in unserer Firma begrüßen".

Im Prinzip glich das Werben um einen Job dem Werben um eine Frau. Man legt sich ins Zeug, indem man sich von seiner besten Seite zeigt, zieht zum Date die schicksten Klamotten an und stellt sich von Kopf bis Fuß auf die andere Seite ein. Gut, das Bewerben um eine Stelle ist vom Verfahren her deutlich festgelegter, doch grundsätzlich ist es doch das Gleiche: Jemanden davon zu überzeugen, dass man der Richtige ist. Nur dass Frauen zumeist mit ihrer Entscheidung herausrückten. Sie sagen dann Sachen wie „Verpiss Dich!", „Ich habe schon einen Freund" oder „Du bist ganz nett", wenn das Werben fehlschlägt. In der erfolgreicheren Variante hat man ganz viele tolle Gemeinsamkeiten entdeckt und zumindest das nächste Date abgesteckt. Manchmal sind sie zwar etwas subtiler, doch immer gibt es die Möglichkeit, den eigenen Erfolg beziehungsweise dessen Chancen einzuschätzen. Firmen sind mechanischer und zeigen keinerlei Regung.

Mit Sabine hatte ich nun beide Erfahrungen machen dürfen.

Heute mittag hatte sie mir äußerst förmlich für das Gespräch gedankt, und ihre Kollegin hatte den Standardsatz ausgesprochen, dass man sich bei mir melden würde. Jetzt war sie als Privatperson Sabine am Telefon, und nicht als Unternehmensrepräsentantin.

Es tat gut, mit ihr so zu reden wie früher. Ohne das „Sie", das heute Vormittag zwischen uns schwebte, und ohne die bedächtige Wortwahl. Dies alles hatte sie mir fremder gemacht als eine Fremde. Endlich konnte ich sie fragen, wie es ihr wirklich ging, was sie in den letzten drei Jahren so alles gemacht hatte, was man so eben fragt, wenn man jemanden, den man mag, eine Ewigkeit nicht mehr gesehen hatte.

Ginge es nach ihr, so bekäme ich den Job, doch auf ihre Kollegin hätte ich nicht den besten Eindruck gemacht, meinte sie.

„Sie ist so eine Karrieretussi, die gerne was mit dem Chef hätte. Die Firma ist ihr Zuhause, und das erwartet sie auch von allen anderen. Weißt du, ich kenne dich und ich weiß, wie ich dich einzuschätzen habe. Doch bei ihr ist es schlecht angekommen, als du scherzhaft gesagt hast, dir sei das frühe Aufstehen nicht schwer gefallen. Die meisten bei uns arbeiten etwa 50 Stunden in der Woche, auch wenn mal nicht allzu viel ansteht. Was zählt ist Präsenz, um zu zeigen, dass man sich gerne in der Firma aufhält. Ist ja auch ok, denn bis auf ein paar Ausnahmen wie sie sind wir alle super nette Leute.

Leider kann ich mich für dich nicht allzu sehr stark machen, weil sie mich nicht ausstehen kann. Unser Chef nimmt mich und nicht sie in zwei Wochen mit auf die Konferenz in New York. Sie fällt die Entscheidung über die freie Stelle, und meine Meinung zählt nur, wenn sie ihre bestätigt. Wenn ich damit rausrücke, dass ich dich von der Uni kenne, unterstellt sie mir bestimmt wieder Dinge, die so nicht ganz stimmen.

Mal eine andere Frage: Hast du schon mal eines von diesen Bewerbertrainings mitgemacht? Ich glaube, das würde dir wirklich was bringen."

Sabines Ehrlichkeit wusste ich zu schätzen, auch wenn sie nicht das sagte, was ich gerne gehört hätte. Dass ich nämlich den Job haben könnte, weil ich ganz gute Noten vorweisen könne und sie sicher sei, dass wir gut zusammenarbeiten könnten. Von ihr nahm ich eine Gardinenpredigt lieber an als von meinem alten Herrn, der mit dem Scheckbuch drohte. Dankbarerweise erklärte sie mir die Sicht der anderen Seite, die für mich bisher nur eine Black Box war. Doch ich war erstaunt darüber, dass sie mich in die Arme der Versicherungsfuzzies jagen wollte. Was mir bisher als vergifteter Köder erschien, sollte ich auf einmal unbedenklich und mit persönlichem Gewinn genießen können. Und Versicherungen würde ich früher oder später eh mal brauchen, sagte sie dann auch noch.

12.09. Grüße in die Heimat

Lieber Bodo,

Brasilien hält alles, was wir uns davon versprochen haben! Nun bin ich schon fast zwei Wochen unterwegs, und jeder Tag hält neue Überraschungen bereit. Vor drei Tagen habe ich Plakate für das „Oktoberfest" gesehen – ohne Scheiss!

Es gibt hier ein Städtchen namens Blumenau, das überwiegend von deutschen Auswanderern bewohnt wird. Eigentlich müssten die Japaner hierher kommen: Fachwerk unter Palmen wirkt gleich ganz anders. Und eben hier gibt es auch ein Oktoberfest! Echt krass! Nur dass es tatsächlich im Oktober stattfindet. Ich kann also nicht hin. Schade drum, das hätte ich mir gerne gegeben!

Die Dame links neben mir auf dem Foto heißt übrigens Vittoria – nicht schlecht, oder? Ihre Freundin muss gerade ungetröstet bleiben, Du fehlst hier wirklich. Wenn Du verstehst, was ich meine :-)
By the way: Was macht Deine Jobsuche? Oder ist das die falsche Frage? Bodo, das wird schon!

Einiges ist auch wie erwartet. Das Wetter ist für einen Mitteleuropäer ungewohnt feucht, aber mit etwas mehr als 20 Grad recht erträglich. Überwiegend bin ich mit anderen Rucksacktouristen unterwegs, und irgendwie hat immer irgendeiner eine Idee, was wir als nächstes machen können. Bin echt froh, dass ich ein paar Leute gefunden habe, die in romanischen Sprachen beheimatet sind. Englisch können hier angeblich nur die Straßenräuber: Hands up!

Scheißerei hatte ich keine, wahrscheinlich zahlt sich mein Rumkonsum positiv aus. Bisher hatte ich eher das Alternative-Programm; die großen Städte hebe ich mir für den Schluss auf. Und mit unserem gewohnten Budget kann man hier wahrlich Premium Middle Class leben, äußerst dekadent! Wenn man nicht gerade zu McDoof und Konsorten geht. Da ist es in Osteuropa preislich eher lohnenswert.

Was für ein Trikot soll ich Dir jetzt eigentlich mitbringen? Fluminense, oder doch lieber Coritiba? Wie es aussieht, kann ich nächste Woche ins Maracana!! Ich werde an Dich denken.

So, langsam geht meine Zeit hier im Internetcafé zu Ende. Außerdem bin ich nicht hergefahren, um Romane zu schreiben.

Machs gut, Alter! Und hol' das nach, was Du gerade verpasst! Es lohnt sich wirklich.

Ben

15.09. Auslese

„Herr Leiter, ich habe mir insgesamt fünf Kandidaten für diese Stelle angesehen. Es wird mir nicht leicht fallen, eine Entscheidung zu treffen. Denn jeder dieser fünf Kandidaten ist gleichermaßen geeignet."

Der dicke Geschäftsführer ruhte in seinem Sessel hinter einem chaotischen, ungeordneten Schreibtisch, schaute an mir vorbei und beschäftigte sich mit einem Kugelschreiber, den seine rechte Hand ständig drehte. Bis jetzt war dieser Vorstellungstermin nicht aus dem Rahmen gefallen. Doch der nächste Satz war bemerkenswert.

„Sie sind jung. Wenn Sie nicht sofort eine Stelle als Ingenieur bekommen, dann arbeiten Sie doch diesen Herbst als Erntehelfer. Sammeln Sie Erfahrungen. Ich meine das Ernst."

Die Offenheit der Absage direkt im Vorstellungsgespräch war mir neu. Weshalb sonst sollte er mir einen guten Tipp für meine Lebensgestaltung außerhalb seiner Firma geben? Immerhin, ich wusste, woran ich war.

Neulich erst hatte ich eine gegenteilige Erfahrung gemacht, als sich eine Personalsachbearbeiterin durch Verschleierung geoutet hatte. Am sechsten Tag nach dem Vorstellungstermin hatte ich angerufen, weil ich noch immer keine Reaktion von ihrer Firma erhalten hatte. Ja, der Bewerbungsprozess sei nach wie vor offen, hatte sie mir gesagt. Nein, auch im Bezug auf meine Person sei noch keine Entscheidung gefallen. Ich hatte dies hingenommen, aber noch am gleichen Tag die Absage aus dem Briefkasten gefischt, selbstredend mit der Unterschrift eben dieser Dame.

Arbeiten Sie als Erntehelfer! Das war ein Rausschmiss. Sammeln Sie Erfahrungen! Diesen Appell empfand ich in erster Linie unverschämt und anmaßend. Schließlich hatte ich studiert, um einer hochqualifizierten Tätigkeit nachgehen zu können. Ich wollte mir nicht redensartlich den Buckel krumm schuften müssen. Dafür hatte ich ein mehrjähriges Studentenleben mit all seinen Annehmlichkeiten, aber auch Strapazen, auf mich genommen. Um selbst eine gesicherte Zukunft zu haben, und nebenbei den Standort Deutschland mit meinem

Humankapital zu unterstützen. Erntehelfer! Ich würde mich komplett unter Wert verkaufen. Das wäre, als stelle man Ronaldo ins Tor. Sicher, er wäre bestimmt besser als die meisten anderen der drei Milliarden männlichen Erdbewohner. Doch vorne im Sturm ist er am wertvollsten. Außerdem schrieb ich meinem Gegenüber auch nicht vor, wie er denn sein Geschäft im Allgemeinen und den Personalauswahlprozess im Besonderen zu führen hätte. Er hatte gut reden, saß er doch fest und satt in seinem weich gepolsterten Ledersessel.

Nichtsdestotrotz, es regte mich zum Nachdenken an. Wäre ich mir grundsätzlich zu fein, auf dem Feld zu arbeiten, um mir meinen Lebensunterhalt zu verdienen? Eine Art des Broterwerbs, die bis vor einigen Hundert Jahren in Mitteleuropa die Regel war? Sollte ich so etwas nötig haben, im Zeitalter der Wissensgesellschaft?

Dabei hatte ich mich bereits von meinen Idealvorstellungen getrennt: Nach der Phase „Wir schreiben die DAX-Konzerne an" hatte ich mich zusätzlich bei einer Reihe regionaler mittelständischer Unternehmen beworben. Darunter auch diese Firma, die im Leasing von Landmaschinen tätig war und in der Vorderpfalz operierte. Hatte ich mich noch nicht genug an die Realität angepaßt?

Dennoch, da war diese Botschaft, dass es bei uns in Deutschland offene Arbeitsstellen gab. Nur, dass niemand diese antreten mochte. Andere wiederum nehmen mehrere 100 Kilometer Entfernung auf sich, um eben jener Arbeit nachgehen zu können. Ich erinnerte mich an die immer wieder auflebende gesellschaftliche Debatte, ob es zumutbar sei, deutsche Arbeitslose zum Spargelstechen abkommandieren zu dürfen. Einerseits ging es um die Pflicht des Einzelnen, als arbeitsfähige Person nicht in der sozialen Hängematte zu verharren und der Allgemeinheit auf der Tasche zu liegen. Andererseits war da das Argument, durch solche Aktionen der Ausbeutung Tür und Tor zu öffnen: Die einen verdienen gerade noch genug, um überleben zu können, während die anderen, also die Landwirte, sich dank der billigen Arbeitskräfte weiterhin einen Mercedes leisten können.

Die Tragik meines Einzelfalls war, dass ich als Absolvent noch keinen Cent in die Sozialkassen einbezahlt hatte und deshalb nicht in den Genuss der sozialen Hängematte kommen konnte, zumal ich offiziell als Student galt. Dies hatte ich erst kürzlich durch einen Anruf beim Arbeitsamt erfahren. Herr Leiter, wir sind nur zuständig für Fälle, in denen ein Anspruch auf Unterstützungsleistung besteht.

Demnächst sollte ich mir weiterführende Gedanken zum Thema Geld und Ansprüche machen. Ich wollte bei meinem Vater nicht als Bittsteller auftreten, weil das Bittstellen auf dem Arbeitsmarkt erfolglos war.

Noch ließ mich jedoch der Appell nicht los, ich solle Erfahrungen sammeln. Vielleicht war wirklich etwas Wahres dran, dass mich eine derartige Beschäftigung in meiner Entwicklung voran bringen würde. Hatte mein Gesprächspartner in seinen jungen Jahren selbst eine vergleichbare Phase durchlebt, die ihn nachhaltig geprägt hatte? Hatte er andere, denen solche Erfahrungen fehlten, scheitern sehen? Man hört hin und wieder, wie wichtig es sei, das Geschäft „von der Pike auf" zu lernen. Die meisten Hochschulabsolventen überspringen heutzutage die untersten Stufen und geraten fast schon wie die Adligen im Mittelalter per Definitionem in eine Position, die den meisten anderen nur in Ausnahmefällen unverschlossen bleibt. Könnte die Arbeit auf der untersten Ebene nicht einen positiven Effekt bereit halten? Ist es für eine spätere Führungskraft nicht unerlässlich, sich auf der untersten Ebene auszukennen? Allein, um den nötigen Respekt der Mitarbeiter zu gewinnen? Was sollte ich für mich aus diesen Gedanken ableiten?

16.09. Tafelsilber

Ich brauchte Geld. Mehr als man für einmal Blutspenden bekommt. Ich sah darin wenigstens einen Vorteil. Denn ich musste mich nicht weiter mit dem Gedanken auseinandersetzen, ob ich mir eine Nadel in den Unterarm rammen lassen sollte, um mir einen halben Liter purpurnen Lebenselixiers abzapfen zu lassen. Ich brauchte Geld. Mehr als das Leergut in meiner Küche bringen würde.

Bisher hatte ich von den Zuwendungen meiner Familie gelebt, und für den bescheidenen Luxus im studentischen Alltag hatte ich – mal hier, mal da – gejobbt. Das Jobben gab ich auf, als ich mit meiner Diplomarbeit begonnen hatte. Es ließ sich zeitlich nicht mehr vereinbaren, und nun, nach meinem erfolgreichen Abschluss, wollte ich richtig arbeiten und richtig Geld verdienen. Die Zuwendungen meiner Familie flossen nach wie vor per Dauerauftrag für die Grundbedürfnisse, und hin und wieder per Scheck für Besonderes wie teure Bücher. Mein Problem bestand nun darin, dass mir seit neun Monaten ein beträchtlicher Anteil meines Etats fehlte. Als ich mit dem Jobben aufgehört hatte, griff ich meine Ersparnisse an, um meine Gewohnheiten nicht aufgeben zu müssen und mir meinen Lebensstandard jenseits von Miracoli und Pellkartoffeln bewahren zu können. Genau diese eiserne Reserve war inzwischen zu Neige gegangen.

Erschwerend kam hinzu, dass die Aktivität „sich bewerben" Geld verbrauchte. Selbst wenn ich gewollt hätte, mit dem monetären Grundstock seitens meiner Eltern wäre ich nie und nimmer über die Runden gekommen: Briefmarken, Kopien, Mappen, Fotos und Zeitungen wollten regelmäßig bezahlt werden, um am Ball zu bleiben. Darüber hinaus entstanden Reisekosten, die ich zwar von den Unternehmen ersetzt bekam, aber vorerst auslegen musste. Einmal hatte mir eine Firma versehentlich den Betrag für die Zugfahrt ohne Bahncard überwiesen, so dass mir aus heiterem Himmel 28,5 europäische Geldeinheiten in den Schoß fielen. Doch dieser Tropfen auf den sprichwörtlich heißen Stein war einmalig und für die Zukunft nicht planbar. Ich habe nicht die Absicht, dies als betrügerisches System zu professionalisieren und zu etablieren. Meine Situation blieb unverändert.

Weil ich mich in meiner momentanen Existenz auf Abruf betrachtete, schied die eine Möglichkeit, wieder mit dem Jobben anzufangen, aus. Schließlich wollte ich kurzfristigst verfügbar sein. Die klassische Inventurzeit, also der Jahreswechsel, war noch in weiter Ferne.

Die finanzielle Unterstützung meiner Eltern auszubauen wäre die andere Möglichkeit. Doch hier setzte mein Stolz an. Würde ich meinen Vater um Geld anpumpen, öffnete ich ihm Tür und Tor für weitere Vorträge und Gardinenpredigten, die ich vermeiden wollte. Ich war erwachsen und hatte ihm erst neulich gesagt, dass ich selbst zurecht komme und mir der Tragweite meiner Entscheidungen bewusst bin. Jetzt musste ich damit leben. Nicht zuletzt, ich wollte ihm nach wie vor einen unterschriebenen Arbeitsvertrag unter die Nase reiben, auch wenn es mit Brasilien inzwischen recht knapp würde.

Eine weitere Möglichkeit an Geld zu kommen, schloss mich aus. Denn sämtliche mir bekannten staatlichen Töpfe richteten sich an andere Zielgruppen. Als Absolvent konnte ich kein Bafög beantragen, ebenso schieden die Alternativen Bildungskredit und Studienabschlussförderung aus. Ich selbst betrachtete mich als arbeitslos, der Gesetzgeber hingegen benutze den Begriff arbeitssuchend, und zu aller Verwirrung war ich auch noch eingeschrieben, bis mein Diplomzeugnis offiziell ausgestellt wurde. Weil ich in den letzten drei Jahren nicht mindestens 12 Monate in die Sozialkassen einbezahlt hatte, bestand für mich auch kein Anspruch auf Arbeitslosengeld. Sozialhilfe hätte ich sicher beantragen können. Als Konsequenz hätte mein Vater auf Umwegen von meiner misslichen Lage erfahren.

Am vielversprechendsten erschien mir, meine Behausung nach Gegenständen zu durchsuchen, die ich zum einen nicht mehr brauchte und zum anderen das Potenzial hatten, mir ein wenig Geld in die Taschen zu spülen.

In meinem Kleiderschrank fand ich den einen oder anderen Pullover sowie drei Hemden und zwei Jeans, die ich seit drei Jahren nicht mehr getragen hatte. In meiner CD-Sammlung befanden sich 20 Exemplare, die in erster Linie Staub fingen, und unter meinem Bett stand eine Kiste mit Büchern, die ich bereits gelesen hatte und wohl kaum ein zweites Mal lesen würde. Doch welchen materiellen Wert hatten diese Dinge für andere Menschen? Früher wusste ich so etwas. Regelmäßig veranstaltete meine Schule einen Flohmarkt, der es mir ermöglichte, meine gelesenen Micky-Maus-Hefte zu Bargeld zu machen. Generell verkaufte ich Dinge, für die ich zu alt geworden war, um sowohl Geld als auch Platz für Neues zu bekommen. Es war ein Hobby.

Nun aber war ich darauf angewiesen, mich von Dingen zu trennen, um wie gewohnt weiterleben zu können. Ich konnte also nicht warten, bis der nächste Flohmarkt stattfand.

Am einfachsten konnte ich mich von den Klamotten trennen, die ich schon länger nicht mehr angezogen hatte. Genau diese Gegenstände hatten aber auch das geringste Potenzial. Denn die Second-Hand-Läden, die ich ansteuerte, waren entweder von gemeinnützigen Trägern und lebten von Spenden, oder es waren dubiose Kaschemmen, die ihre Waren angeblich nur über Haushaltsauflösungen bezogen. Hatte ich meinen Krempel schon mal in der Hand, stopfte ich ihn gemeinnützig in den Container des Roten Kreuzes.

Anschließend kümmerte ich mich um die Bücher. Bei ebay versuchte ich, einen Überblick über den aktuellen Markt zu gewinnen. Enttäuscht stellte ich fest, dass genau die Bücher, die ich loswerden wollte, keinen Pfifferling wert schienen. Denn sie wurden mehrmals angeboten, und waren allerhöchstens im Einzelfall mit dem Mindestgebot von einem Euro bedacht worden. Meine CDs hingegen erreichten gut zwei Drittel ihres Neuwertes. Also bot ich auch meine Exemplare an und rechnete mit 100 bis 150 Euro. Ein Anfang.

Ich überlegte, ob ich Dinge besaß, die man gemeinhin als Wertanlage bezeichnete. Gemälde? Nein. Schmuck? Nicht wirklich. Briefmarken oder Münzen? Vielleicht ein paar Überbleibsel aus dem Urlaub. Meine Uhr? Das Glas hatte einen fetten Kratzer. Meine Unterhaltungselektronik? Diese war sowohl älteren Semesters als auch unverzichtbar.

Richtig teuer waren einzig meine Spiegelreflexkamera und mein Rennrad. Das Gefühl, sich von solchen Dingen zu trennen, war äußerst komisch. Die Kamera war ein Geschenk zu meinem 18. Geburtstag, an dem sich mehrere Parteien beteiligt hatten. Ich fand den Gedanken unheimlich, meinen Großeltern eines Tages eröffnen zu müssen, ich hätte dieses Wunderwerk der Technik verscherbelt. Ich war jung und brauchte das Geld! Da denkt doch jeder an das eine Sexfilmchen, welches das TV-Sternchen zu Beginn der Karriere gedreht hatte. Nein danke, ohne mich. Mich beschlich das Gefühl der Leichenfledderei, nur dass die Leiche ich selbst war und noch lebte. Es war ein Abwägen, was mir wichtiger war. Mein Stolz, nicht bei meinen Eltern mit offener Hand auf der Matte stehen zu müssen, oder die Materie, die in mir persönliche Erinnerungen und Wertschätzungen auslöste. Vielleicht ging es mir besser, wenn ich etwas verkaufte, das ich mir selbst gekauft hatte. Etwas, das von meinem Geld bezahlt worden war und ich wieder zu meinem Geld machen konnte. Ich inserierte mein Rennrad, das neu etwa 2.500 Mark gekostet hatte, für 800 Euro im Wochenblatt.

20.09. Ich – die Nummer 1

An früherer Stelle hatte ich bereits den klassischen Aufbau einer Stellenanzeige charakterisiert: Kurze Unternehmensvorstellung in der Kopfzeile, dann etwas abgesetzt in Fettdruck ein Schlagwort für die Stellenbeschreibung, gefolgt von Aufgabenumfang und den Erwartungen an den Kandidaten und abschließend das Kleingedruckte mit den Bewerbungsformalitäten.

Grundsätzlich ist man in diesen Anzeigen ohne Chance auf ein Entkommen dem Superlativ ausgesetzt. Jedes Unternehmen ist selbstredend in seiner Sparte führend oder zumindest aufstrebend und sucht selbstverständlich nur die allerbesten Leute. Schneidet man beispielsweise die Anzeigen von Daimler-Chrysler, Audi und BMW aus und legt diese nebeneinander, so ist der einzige Unterschied im Firmenlogo und in der Anschrift zu finden. Gleiches ergäbe sich bei RWE, E.ON und EnBW beziehungsweise Hilti, Bosch und Black & Decker. Durch die sowohl permanente als auch breite Verwendung des Superlativs können zwei Schlussfolgerungen gezogen werden. Entweder ist der Arbeitsmarkt etwa 95% aller Menschen verschlossen, weil sie eben diese überdurchschnittlichen Anforderungen nicht erfüllen, oder ich als Bewerber muss mich verstärkt trauen, von mir selbst ebenfalls in der Bestform zu schwärmen.

Zu Beginn meiner Bewerberaktivitäten hatte ich mich stets um ein neutrales und objektives Bild meiner selbst bemüht. Diese Bewertung meiner Person hatte ich bisher auch immer bekommen. Sämtliche Zeugnisse enthielten Noten, die den wahren Leistungen zumindest entsprechen sollten. Stärken hatte ich demnach in meinen Bewerbungen herausgestellt und Schwächen zugegeben, in der Annahme, dass gemeinhin die Überzeugung herrscht, dass kein Mensch perfekt ist. Weshalb soll man verheimlichen, auf welchen Gebieten man noch Entwicklungsbedarf aufzuweisen hat?

Vielleicht war es naiv von mir, Ehrlichkeit als Maßstab zu bemühen. Schließlich ging es ums Be-werben. Der Wahrheitsgehalt von Werbung an sich ist kein Geheimnis. Vielleicht tat ich mir deshalb damit schwer, weil ich mich als eine ehrliche Haut betrachte. Ich gehe nicht allzu gerne Versprechungen ein, die nicht zu halten sind. Andererseits weiß ich auch, dass für Esso-Benzin kein Tiger sterben muss und zumindest aus diesem Grund keine leichtgläubigen Tierschützer vor dem Essofirmensitz demonstrieren. Vielleicht sollte ich mich damit anfreunden, in meiner Selbstpräsentation neue Saiten aufzuziehen. War es nicht grundsätzlich der Sprachgebrauch in der geschäftlichen Korrespondenz, immer alles äußerst positiv zu formulieren? Hatte ich mich anfangs nicht darüber gefreut, derart nett meine Unterlagen zurückzubekommen? Hatte ich nicht gedacht, ja, Firma X hat mein Potenzial exakt erkannt, aber genau eine Stelle zu wenig zu besetzen? Wie naiv war es zu glauben, aus knapp zehn Seiten Papier die Gesamtqualifikation einer Person derart präzise ableiten zu können? Ging es etwa nicht um Ehrlichkeit, wie ich gemeinhin dachte, sondern um eine eigene Sprache? Eine Sprache, die ich bisher nicht beherrschte, nun aber immerhin erlernen konnte?

Ich beschloss, wenn auch vorerst nur aus privatem Augenzwinkern, ein Stellengesuch zu formulieren, das mich beschrieb und die euphorische Sprache der Unternehmen in deren Anzeigen verwendete.

Bodo Leiter ist ein an mehreren Singlebörsen notierter Junggeselle mit Wirtschaftsingenieurdiplom. Während seines Studiums an der Universität Karlsruhe wurde er gezielt und bestens für selbständiges, analytisches und fachübergreifendes Arbeiten ausgebildet. Um seine persönliche Entwicklung weiterhin und ohne Unterbrechung erfolgreich gestalten zu können, sucht er zum 1. November dieses Jahres eine

Festanstellung als Wirtschaftsingenieur.

Sie sind ein ebenso erfolgreiches wie innovatives Unternehmen und räumlich innenstadtnah in einer deutschen Metropole angesiedelt. Ihre Geschäftsfelder haben Zukunft am Standort Deutschland und begeistern sowohl Ihre Mitarbeiter als auch Ihre Kunden. Sie gewährleisten eine dauerhafte Unterstützung in Einarbeitung und Karriereplanung.

Idealerweise ermöglichen Sie Ihren Arbeitnehmern eine freie Zeiteinteilung und gewähren 30 Tage Jahresurlaub sowie persönliche Unterstützung durch blonde Sekretärinnen bei Routineaufgaben. Ein sportlicher Firmenwagen rundet Ihr Profil ab.

Sollten Sie sich in dieser Beschreibung wiederfinden, so zögern Sie nicht, sich schriftlich bis zum 30.09. unter Angabe Ihrer Entlohnungsvorstellungen mit einem ausreichend frankierten Rückumschlag bei mir zu melden.

Ich fand, es war an der Zeit, den Spieß einmal umzudrehen, und es gefiel mir. Uns Bewerbern wurde allenthalben empfohlen, die Anschreiben möglichst individuell und zugleich akribisch ohne die in der Fachliteratur beschriebenen 1.000 Fehlern zu gestalten. Und die Firmen? Sie glichen sich wie ein Ei dem anderen. Selbst die Antworten auf die individuellen Bewerbungen verbreiten Automatencharme; jede Absage, jede Einladung, jede Zusage ist vorgefertigt und wird unabhängig von der adressierten Person verschickt. Oder musste man das Anschreiben nur dreist genug formulieren, um eine persönliche Reaktion zu generieren? Wenn ich einen Fremden grüße, ist es unerheblich, ob ich „Guten Tag", „Grüß Gott" oder „Hallo" sage. Er wird mich förmlich zurückgrüßen. Sage ich jedoch „Vollidiot", so ist mir zumeist eine persönliche Reaktion sicher. Wie wäre es mit folgendem Anschreiben:

Sehr geehrte Damen und Herren,

die Fachpresse ist sich einig: Sofern Ihr Unternehmen auch in Zukunft existieren soll, brauchen Sie kompetente Unterstützung.

Ich bin überzeugt, Ihnen weiterhelfen zu können; schließlich habe ich meine Intelligenz staatlich bescheinigt. Zudem: Meine Sprachkenntnisse gehen deutlich über Rotwelsch hinaus.

Sollten Sie in der Lage sein, ein Jahresgehalt über 60.000 Euro anbieten zu können, erlaube ich Ihnen, sich in den nächsten Tagen bei mir zu melden.

Mit freundlichen Grüßen

Dipl.-Wi.-Ing. Bodo Leiter

P.S.: Dienstags ist es mir nicht möglich Termine wahrzunehmen, da an diesem Tag meine liebste Fernsehserie läuft.

23.09. Die hohe Schule der Beratung

Gemeinhin fällt es schwer sich einzugestehen, dass man sich geirrt hat oder einen Menschen zu dessen Nachteil falsch eingeschätzt hat. Vor allem, wenn man auf einmal auf eben diesen Menschen angewiesen ist, oder von ihm einen Gefallen erbitten möchte. Ich hatte es mit diesem Problem in abgeschwächter Form zu tun, denn ich musste es nur mir selbst eingestehen. Der Anzugheini aus der Mensa, der Versicherungen verkaufen wollte und mit einem Bewerbertraining lockte, sprach pro Tag hunderte Menschen an, so dass ihm mein Korb neulich kaum in Erinnerung geblieben sein dürfte. Irrte ich mich und er war nachtragend, wäre dies zumindest schädlich für sein Geschäft.

Weil der Unirhythmus gerade die sogenannte vorlesungsfreie Zeit vorgab, hatte sich auch der Wegelagerer rar gemacht. Immerhin fand ich in der Auslage neben den Umsonstzeitschriften wie Audimax! oder Unicum einen Flyer, der mir eine Telefonnummer des Finanzdienstleisters verriet.

Ein Bewerbertraining gäbe es erst wieder im Oktober, hieß es. Wenn die Uni wieder richtig angefangen hätte. Gerne könne ich aber zu einem Einzeltermin vorbeikommen. Ich willigte ein.

Wie zu erwarten war, musste ich erst eine Berieselung über mich ergehen lassen. Ich sollte verstehen, weshalb diese Firma den Service der Bewerbungsberatung anbot, sagte der Typ. Dann könne man entspannt über alles sprechen. Mir wäre die umgekehrte Reihenfolge lieber gewesen.

Die Botschaft der Berieselung war klar und deutlich: Ich bin ein freier, unabhängiger Mensch. So sieht es der Staat, wenn es um meine Versorgung in den Ernstfällen Berufsunfähigkeit, Unfall, Alter und Krankheit geht. Aber – oh Wunder, Jehovas Zeugen lassen grüßen – ich kann mich davor schützen: Selbstlos und heilsbringend könne ich, nachdem der Staat meine Steuern verprasst hat, sozusagen eine private Zusatzsteuer an diesen privaten Finanzdienstleister entrichten und mich gegen alle Widrigkeiten des Lebens absichern. Na gut. Mein privater Heiland merkte, dass ich ungeduldig wurde.

„Das sind Sachen, über die man gerne auch später wieder sprechen kann. Du kennst unsere Angebote. Wir verstehen es als unsere Aufgabe, unsere Kunden zu begleiten. Deshalb bieten wir unsere Bewerbertrainings und Einzelgespräche an. Denn jeder, der einen Job hat, und ich will, dass du einen guten Job bekommst, ist ein potenzieller Kunde für uns. Je früher man privat vorsorgt, um so billiger ist es. Ich weiß, die meisten machen sich die Gedanken erst, wenn sie im Beruf stehen. Wir möchten uns nicht nachsagen lassen, wir hätten euch verschwiegen, dass der Schutz, den wir anbieten, billiger zu haben gewesen wäre."

Damit schloss er seinen Pflichtteil ab, und wir begannen uns über das Bewerben zu unterhalten. Meine drängendste Frage war, weshalb man keine Schwächen haben durfte. Dies hatte ich neulich in einem Bewerbungshandbuch gelesen, das ich in einer Buchhandlung durchgeblättert hatte. Es hieß, man solle Eigenschaften als Schwächen angeben, die sich als Stärken interpretieren lassen. Beispielsweise „Probleme fesseln mich, ich kann kaum loslassen und gebe mich erst zufrieden, wenn es eine Lösung gibt". Ich hielt dies für komplett verlogen, ebenso wie die Heuchelei „Ich wollte schon immer und nur in Ihrem Unternehmen arbeiten". Mein Finanzberater, ich nenne in ab sofort so, denn dies macht mich wichtig – wer hat schon einen Finanzberater – lächelte wissend.

„Wenn etwas nicht der Wahrheit entspricht, denke nicht an Lügen, sondern an Professionalität. Du fühlst dich doch auch besser, wenn du, in einem Laden oder einem Restaurant beispielsweise, individuell bedient wirst und dich nicht wie Hinz und Kunz abgefertigt fühlst. Darum geht es. Man möchte herausfinden, wie professionell du bist. Zu deinem zweiten Punkt: Jedes Unternehmen weiß, dass niemand nur eine einzige Bewerbung schreibt. Das Prinzip ist hier das der Frage hinter der Frage: Sie möchten wissen, ob sie denn für dich erste Wahl oder Notlösung sind. Deshalb ist es wichtig, schlüssig zu begründen, weshalb man genau in diesem Unternehmen arbeiten möchte. Auch hier gilt: Man nennt es Professionalität.

Sehr beliebt sind Stressfragen. Diese Fragen entbehren jeder Grundlage und zielen einzig und allein darauf ab, deine Reaktion zu erfahren, wenn du unter Druck stehst. Hier ist es wichtig, ruhig und sachlich zu bleiben. Eine beliebte Stressübung ist das

Postkorbspielchen. Du musst in viel zu knapper Zeit einige Papiere sortieren, und während dessen wird an dir rumgemekkert. Wenn du daraufhin selbst ausfallend wirst, hast du verloren. Die Übung ist von Haus aus zeitlich darauf ausgerichtet, dass du sie nicht zu Ende machen kannst."

Mein Finanzberater übergoss mich mit weiteren Weisheiten. Die Frage nach der Gehaltsvorstellung diene nicht dazu, eine Verhandlung zu eröffnen, sondern zur Überprüfung, ob sich die Vorstellungen des Kandidaten mit dem internen Gehaltsgefüge vereinbaren ließen. Deshalb sei es wichtig, eine Spannbreite anzugeben und zusätzlich weitere Variablen parat zu haben. Zusätze wie mit bzw. ohne Urlaubs- und Weihnachtsgeld können korrigieren, wenn man das Gefühl hat, sich zu teuer oder zu billig angeboten zu haben.

Weitere Tipps bekam ich zu meinen Unterlagen, die ich mitgebracht hatte. Peinlicherweise entdeckte mein Gegenüber einen Buchstabendreher in meinem Lebenslauf, den ich in dieser Form dutzendweise verschickt hatte.

„Du hast gute Chancen, dass es nicht auffällt, bzw. eine untergeordnete Rolle spielt. Die Personaler werden mit so vielen Anschreiben eingedeckt, die sortieren zuerst nach optischen Kriterien und Schlüsselbegriffen. Wer hat sich beworben und erfüllt den Anforderungsrahmen? Alle anderen raus. Welche dieser Mappen lege ich der Fachabteilung zur Auswahl vor? Alle mit Eselsecken, Kaffeeflecken und unschönen Fotos raus. Da wird äußerst grob gesiebt. Deshalb ist es wichtig, sich im Anschreiben möglichst kurz zu fassen. Hier gehört nur rein, wie du auf das Stellenangebot gestoßen bist, und weshalb du glaubst, genau der richtige zu sein. In wenigen Sätzen muss der Nutzen für die Firma ersichtlich sein. Begründe es mit Dingen, die du bereits gemacht hast. Deinen kompletten Lebenslauf erklären, Motivation der Fachwahl und so, dafür gibt es die sogenannte Seite 3. Die ist freiwillig, kommt aber gerade groß in Mode. Unter dem Titel „Ich über mich" oder „Was Sie sonst noch wissen sollten" kannst du ganz dick die Werbetrommel rühren. Hast du die ersten Hürden geschafft, dann werden solche Angebote gerne wahrgenommen. Es gilt: Fasse dich kurz und gestalte übersichtlich, damit du einen guten ersten Eindruck abgibst. Bestehst du diesen Test und hast Interesse geweckt, kannst du dich schon beruhigter zurücklehnen. Erst dann werden Zeugnisse und Noten angeschaut."

Er empfahl mir, verstärkt Adjektive wie selbständig oder eigenverantwortlich in meinen Formulierungen zu benutzen. Ich müsste lernen, mich wie ein Produkt zu verkaufen. Sei ich zu einem Gespräch eingeladen, bräuchte ich mir keine Gedanken mehr hinsichtlich meiner Qualifikation machen. Diese sei in den Zeugnissen verbrieft und könne in keinem Gespräch abgeprüft werden. Ausschlaggebend seien in dieser Phase die sozialen Kompetenzen, und die Frage, ob jemand in die Unternehmenskultur passt. Es wäre nicht adäquat, in diesem Punkt von gut oder schlecht zu sprechen, sondern von passend oder nicht passend.

Abschließend gab er mir eine Zusammenfassung mit häufigen Bewerbungsfragen, möglichen Musterantworten darauf und eine Auflistung verbotener Fragen mit auf den Weg. Auf verbotene Fragen (z.B. zur Religion oder an eine Frau gerichtet: „Haben Sie vor, schwanger zu werden?") dürfe man lügen, und dies sei sogar besser als der Hinweis auf die Unzulässigkeit der Frage.

Mein Finanzberater wünschte mir alles Gute und meinte, er würde sich in ein paar Wochen bei mir melden und sich erkundigen, ob ich denn Erfolg gehabt hätte. Ich hatte mich preis gegeben, mit meiner Telefonnummer und E-Mailadresse. Blieb zu hoffen, dass sich dieses Opfer lohnte.

24.09. Quartalsbericht

Auf den Tag genau vor drei Monaten habe ich mit meine Auf-zeichnungen begonnen. Aktiengesellschaften veröffentlichen im Dreimonatsrhythmus ihren Quartalsbericht, gespickt mit der Auflistung von Aktiva, Passiva und diversen betriebs-wirtschaftlichen Kennzahlen. Ich nutze die Gelegenheit, um für mich selbst ebenfalls eine Zwischenbilanz zu ziehen.

Insgesamt hatte ich 32 Firmen kontaktiert, sei es auf traditio-nelle Weise mit einer Bewerbungsmappe oder zeitgemäß über deren Onlineformulare im Internet. Aus diesen 32 Kontaktauf-nahmen, der Fürsorge meines Vaters und aufgrund des Eintra-ges im Absolventenbuch resultierten 1 Telefoninterview und 7 Vorstellungsgespräche. Um eine tolle Kennzahl zu bilden: Mei-ne Einladungsquote lag zwischen 20 und 25 Prozent. Wie dies wohl die Börse bewertete? Nach wie vor standen bei drei Be-werbungen die Rückmeldungen noch aus, und bei weiteren vier bat mich die jeweilige Firma um Geduld, da meine Unterlagen noch geprüft würden.

Obwohl ich noch immer keinen Arbeitsvertrag unterschrieben hatte, betrachtete ich die vergangenen Wochen als eine lehrrei-che Zeit. Trotz der Langeweile, des Wartens und der Verdam-mung in die Tatenlosigkeit konnte ich meinem bisherigen Be-werbungsprozess Positives abgewinnen.

Ich hatte Sorgfalt gelernt. Nie hätte ich es für möglich gehalten, dass Lebensläufe und Anschreiben Komma- oder Tippfehler enthalten konnten, schließlich hatte ich sie hunderte Male über-prüft. Man kann nie genug kontrollieren, noch besser aber ist: Sich von anderen kontrollieren zu lassen.

Im Internet hatte ich nach der idealen Aufbereitung von Bewer-bungsunterlagen recherchiert. Es gab keinen Königsweg, son-dern teils widersprüchliche Hinweise. Manche Quellen empfah-len die edlen Klappmappen, die ein Schweinegeld kosteten, unter der Begründung, dies sei ein Zeichen der Wertschätzung der Firma gegenüber. Andere Quellen sprachen sich hingegen für eine schlichtere Variante aus. Es genüge, die Unterlagen mit einer Klemmleiste, einer transparenten Deckfolie und einem Karton als Rückseite zusammenzupacken, da dies am praktischsten sei. Beispielsweise würden einige Firmen die Unterlagen einscannen oder kopieren, und in diesem Fall sei man sehr dankbar, wenn man keine unnötigen Handgriffe ausführen musste. Die Preisspanne der vorgeschlagenen Bewerbungsformen reichte von Null Euro für eine E-Mail mit PDF-Anhang bis zu 20 Euro für die teuren Edelmappen. Je nach Standpunkt konnte ich mich darauf berufen, alles richtig oder alles falsch gemacht zu haben.

Man hatte außer potenzieller Erfahrung keine Vorteile durch den Stapel der Absagen, den man vorzuweisen hatte. Spielte bei der Studienplatzvergabe neben der Qualifikation auch die Wartezeit eine Rolle, so konnte man auf dem Arbeitsmarkt seine Situation durch Abwarten nicht verbessern.

Meine anfängliche Überzeugung „gutes Geld gegen gute Arbeit" musste ich korrigieren. Dank meines gestrigen Gespräches hatte ich gelernt, dass es sich nicht um Schleimerei, sondern um Professionalität handelte, wenn man im Gespräch den Superlativ und die Einzigartigkeit herauskehrte. Daran hatte ich mich jedoch noch zu gewöhnen. Ich hatte Schwierigkeiten damit, ein Glaubensbekenntnis zu einer Firma abzulegen, die ich noch nicht ausreichend kennen konnte. Waren wir in Deutschland bessere Arbeitnehmer als Christen, zumindest in dem, was wir öffentlich bekannten?

Ich hob mir diese Frage auf. Vielleicht konnte ich sie am Wochenende mit Ben weiter erörtern. Er wollte Samstag zurückkommen, obwohl er in seiner letzten E-Mail geschrieben hatte, lieber südlich des Äquators bleiben zu wollen.

25.09. Besserwisser

Es gibt Sprüche, die kann ich nicht mehr hören. Einer davon lautet „Pünktlichkeit ist die Höflichkeit der Könige". Den bekam ich von Kindesbeinen an zu hören, wenn ich später als vereinbart nach Hause gekommen war. Um etwas Abwechslung in mein Leben zu bringen, wurde hin und wieder „Fünf Minuten vor der Zeit ist des Soldaten Pünktlichkeit" bemüht.

An der Uni wurde dieses Element meiner Erziehung schamlos unterwandert. Erstaunt und mit Wohlwollen lernte ich das akademische Viertel kennen und besonders zu schätzen. Den Unterschied zwischen c.t und s.t. habe ich verinnerlicht und ich beherrsche diesen aus dem Effeff. Zuverlässigkeit ist eine meiner Grundtugenden.

Dennoch konnte es nicht vermeiden, dass ich über eine Sunde zu spät zu einem Vorstellungsgespräch kam. Derartiges führte ich selbstverständlich nicht beabsichtigt durch. Ein Gefühl der Verlegenheit begleitete mich folglich in das Gespräch. Zugleich wähnt ich in diesem speziellen Fall ein As im Ärmel. Meine Begründung der Verspätung war der Hammer, der in diesem speziellen Fall wie die Faust aufs Auge passen sollte.

„Mal sehen, ob Sie Ihren ersten Eindruck korrigieren können", sagte mein Gesprächspartner oberlehrerhaft und ohne Wohlwollen. „Wenn sich jemand für ein Unternehmen interessiert, darf man mehr Professionalität erwarten."

So weit, so gut - damit hatte ich gerechnet. Bevor ich nun mein As zücke, weise ich darauf hin, dass dies ist nun die Stelle ist, an der in Filmen die Rückblende kommt.

Ich saß im Zug nach Frankfurt und sinnierte, wie ich eine Stunde Puffer, die ich eingeplant hatte, verbringen sollte. Als ich überlegte, wie weit wohl die Fussgängerzone vom Bahnhof entfernt sein dürfte, geschah es. Der Zug bremste abrupt von 180 Stundenkilometern auf Null ab und blieb auf freier Strecke stehen. Nachdem das Quietschen verhallt war, konnte man zuerst die Klimaanlage summen hören, welche daraufhin vom einsetzenden Gemurmel der Reisenden übertönt wurde. Ich lobte mich für mein vorausschauendes Verhalten und stellte beruhigt fest, dass es richtig war, einen Zeitpuffer einzukalkulieren. Nach einigen Minuten knackte der Lautsprecher.

„Meine sehr verehrten Damen und Herren, wie Sie bereits festgestellt haben, ist unser Zug zum Stehen gekommen. Aufgrund eines Personenschadens verzögert sich unsere Weiterfahrt um unbestimmte Zeit. Wir bitten Sie um Ihr Veständnis."

Irgendwo hatte ich gelesen, dass Personenschaden das Synonym für einen Selbstmörder war, der sich vor den Zug warf. Noch war ich unbesorgt, denn ich war früh dran, und ich schmunzelte über die englische Version der Durchsage.

Meine Mitreisenden im Großraumabteil waren deutlich weniger entspannt. Sie übertrumpften sich mit Geschichten, die sie mit der Bahn erlebt hatten. Wie im Wartezimmer eines Arztes, wo jeder eine schlimmere Krankheit hat, dachte ich. Leider hatten einige der Herrschaften recht, dass es gewöhnlich recht lange dauert, bis man nach einem Personenschaden weiterfahren kann. Als meine Zeitreserve aufgebraucht war, stellte ich fest, dass mein Handy keinen Empfang hatte. Ich konnte leider nicht ankündigen, dass ich mich ein wenig verspäten würde.

Es wäre schön gewesen, wenn es bei ein wenig verspäten geblieben wäre. Als der Zug endlich weiterfuhr, waren über zwei Stunden Standzeit vergangen. Den Menschen, dem das alles zu verdanken war, konnte ich leider nicht zur Rechenschaft ziehen. Warum müssen diese Selbstmörder ohne Rücksicht auf ihre Mitmenschen agieren? Können sie nicht Sonntag morgens, wenn keine Geschäftsreisenden mit Termindruck unterwegs sind, ihrem Leben ein Ende setzen? Müssen sie unbedingt andere mit ins Verderben ziehen? Vielleicht könnte die Bahn auf stillgelegten Strecken Sonderzüge ohne Passagiere einsetzen, um allen gerecht zu werden?

Leider ignorierte der oberlehrerhafte Herr meine Erklärung. Ich vermutete, dass er Probleme damit hatte, Fehler zuzugeben. Schade, es wäre ein super Einstieg in das Bewerbungsgespräch gewesen.

Bestimmt war es besser für mich, meine Zukunft nicht zu sehr in die Hände dieses Unternehmens zu legen. Ein Bewerber, der mit dem eigenen Auto anreiste, hatte wohl bessere Chancen, von der Deutschen Bahn eingestellt zu werden.

29.09. Arbeitslager

Ich war kurz davor, den Taxifahrer zu fragen, ob wir denn hier richtig wären. Das Anwesen, welches sich meinen Augen darbot, wirkte wie eine Kaserne oder ein Gefangenenlager. Hinter einem hohen Zaun, an dessen Oberkante sich Stacheldraht kräuselte, befanden sich in regelmäßigen Abständen Laternen. Deren Masten waren zusätzlich mit Überwachungskameras gespickt, und die riesigen, fensterlosen Hallen mit Wellblechverkleidung wirkten nüchtern und neutral.

Oder hatte das Unternehmen, das mich für heute nach Thüringen eingeladen hatte, eine geräumte Sowjetkaserne übernommen und in eine Produktionsstätte umgewidmet? Die Tarnung der Fabrik war perfekt. Nachdem ich beeindruckt minutenlang auf die sich immer wiederholenden Masten und die nicht enden wollenden Blechwände geblickt hatte, hielt der Wagen mit einem leichten quietschen der Bremsen an. Was mir am Telefon als Tor 2 beschrieben wurde, entpuppte sich als ausgewachsener Grenzposten mit Schlagbaum und Zöllnerhäuschen. Nur hieß mich kein Schild in einem anderen Land willkommen, sondern einer der größten, weltweit operierenden deutschen Konzerne hatte hier den Eingang zu einer Produktionsstätte. Zumindest war ich hier richtig. Also bezahlte ich das Taxi und stieg aus.

Während ich den Eingang des Zöllnerhäuschens ansteuerte, wurde ich von einem Augenpaar skeptisch fixiert. Es gehörte zu einem Kauz, der zu alt war, um noch in einer Teenie-Disko den Türsteher zu mimen. In seiner Uniform, inklusive Mützchen, wirkte er so stolz wie ich Weihnachten 1981. Damals hatte ich eine Kelle, eine Trillerpfeife und eine Schaffnerkappe geschenkt bekommen, womit ich dann ambitioniert die H0-Dampflok meiner Eisenbahn zur Abfahrt gewunken hatte. Bevor er mich jedoch verhörartig ausfragen konnte, stellte ich mich vor.

„Guten Tag! Bodo Leiter mein Name. Ich habe einen Termin bei Frau Schmitt von der Personalabteilung."

Vielleicht hatte ich ihn mit derart prägnanter Informationsübermittlung überfordert, denn er zeigte keinerlei Regung.

„14:30 Uhr. Vorstellungsgespräch", schickte ich hinterher. „Ich soll mich beim Pförtner melden."

„Einen Pförtner gibt es hier nicht!", entgegnete er mir barsch, als ob ich ihn beleidigt hatte. Dabei schaute er sich zu seinen zwei Kollegen um, die hinter einer Theke saßen und auf Schwarzweißmonitoren verfolgten, was sich entlang der Stacheldrahtzäune tat. Kurz schauten sie zu mir rüber, doch eher gelangweilt als skeptisch.

„Wir sind vom Werkschutz. Wie kann ich Ihnen weiterhelfen?"

Vielleicht genügte ihm mein verdutzter Gesichtsausdruck, mir weiterzuhelfen. Vielleicht war es auch die Erinnerung an sein letztes Corporate-Behavior-Seminar, die ihn sich bequemen ließ, mich über den offensichtlichen Unterschied zwischen Werkschutz und Pförtner aufzuklären.

Nach den Friseusen sind jetzt wohl die dran, sich zu emanzipieren, dachte ich. Noch so ein Euphemismus im Zuge der inhaltlichen neuen Rechtschreibung, der doch nur die Ehrlichkeit und Deutlichkeit der Sprache herabsetzte. Folge war eine Verschlüsselung, der man sich als Außenstehender nicht bewusst sein konnte. Gewohnheitsmäßig sagte ich immer Pförtner oder Friseuse, ohne jemals irgend jemanden beleidigen oder herabsetzen zu wollen. Bei Putze und Reinemachfrau kann ich es ja noch verstehen. Schließlich ist Putze auch der Imperativ des Verbes putzen und erinnert suggestiv an Knechtschaft, doch was ist falsch an Pförtner?

Hört sich Pförtner etwa zu gewöhnlich an, wenn Werkschützer Robert bei Herzblatt sitzt und auf der anderen Seite Caroline gefragt wird, der denn nur ihr Herzblatt sein soll? Alternativ wären im Angebot Müllmann Freddy und Staplerfahrer Heinz. Verzeihung, Entsorgungsfachmann Friedrich und Logistikspezialist Heinrich, beides immerhin königliche Namen.

Hat das etwa allgemein mit dem Fernsehen zu tun, weil diese alltäglichen und nach wie vor wichtigen Berufsbilder unterrepräsentiert sind? In den Vorabendserien geht es meistens um Anwälte, Ärzte, Models oder Modedesignerinnen. Wenn dann schon eine Tätigkeit an sich nicht vorkommt, so soll wenigstens ihre Bezeichnung glorifizierend wirken. Mir selbst hatte es nichts ausgemacht, in meinen Schul- oder Semesterferien Arbeiten auszuführen, deren Name entweder klassisch einfach oder belächelnd verschleiernd klang. Ich war mir nicht zu schade, sechs Wochen einen Besen in die Hand zu nehmen und den Schulhof zu fegen oder zwei Monate lang in einem Bürokomplex Papierkörbe zu leeren. Möglicherweise hatte es damit zu tun, dass ich diese Tätigkeiten für eine im Voraus beschränkte Zeit ausübte, und nicht über 40 Jahre bis zu meiner Pensionierung.

Letztendlich war ich dankbar, dass der Werkschützer bei Frau Schmitt anrief und Bescheid sagte, dass ich da sei. Dann erklärte er mir mit Hilfe eines Werksplanes den Weg zu ihrem Büro und gab mir einen Besucherausweis, den ich doch bitte sichtbar bei mir tragen sollte. Kein fremdes Land, aber dennoch braucht man hier eine Art Visum, um seine Anwesenheit zu rechtfertigen. Wie das wohl ist, wenn man hier arbeitet, fragte ich mich. Müsste ich dann jeden Tag aufs Neue die Aufnahmeprüfung bestehen und „Guten Morgen, Herr Werkschützer!" statt „Guten Morgen, Pförtner!" sagen, um zur Arbeit zu dürfen?

29.09. Neue Maßstäbe

Man kann ein Vorstellungsgespräch mit einer Prüfungssituation vergleichen. Es geht darum, zu beweisen, dass man gut genug für den angebotenen Job ist. Genauso geht es in der Prüfung darum, zu beweisen, dass man gut genug für die Eins oder eine andere angestrebte Note ist. Bisher hatte ich in mündlichen Prüfungen nie größere Schwierigkeiten gehabt, schließlich war ich immer im Vorfeld mit den Ansprüchen vertraut gewesen und in der Lage, mich entsprechend vorzubereiten. Auf Vorstellungsgespräche fühlte ich mich mittlerweile – spätestens seit dem Termin mit meinem Finanzberater – ebenfalls gut gerüstet. Der klassische Ablauf einer Prüfung war gezielte Fragen gestellt zu bekommen, auf die ich gezielt antwortete. Die Qualität meiner Antworten konnte ich selbst überprüfen. Wusste ich einmal nicht weiter, so konnte ich im Nachhinein nochmals in meine Unterlagen schauen und mir direkt ins Bewusstsein rufen, was ich nun richtig oder falsch gemacht hatte. Charakteristisch war jedoch, dass es vom Typ her die Situation „Was ist eins plus eins?" war: Es gab nur ein richtiges Ergebnis, und das war neutral nachprüfbar.

Bevor ich erfahren hatte, wie Einstellungstests wirklich ablaufen, hatte ich sie mir herbeigesehnt. Ich war überzeugt, in Tests überdurchschnittlich gut abzuschneiden. Erst hatte ich als Abiturient meinen Mitschülern den letzten Nerv geraubt, weil ich bei der Vorbereitung auf den damals noch üblichen Test zur Vergabe eines Studienplatzes im Fach Medizin überdurchschnittliches Talent hatte, ps in Zeilen aus bs, ds, qs und ps zielsicher anzustreichen. Später führten meine Klugscheißereien beim Schauen von Günter Jauchs IQ-Show beinahe zu einem früheren Ende meiner letzten Beziehung. Ich hatte keine Angst vor Tests oder der Abgabe einer Arbeitsprobe. Auf diese Weise könnte sich jeder Arbeitgeber selbst von meinen Fähigkeiten überzeugen, und wir könnten auf dieses sonst übliche Gelaber getrost verzichten.

Dann hatte ich jedoch recherchiert, dass die Tests im Rahmen der Personalauswahl das Ziel hatten, die Persönlichkeit der Kandidaten zu durchleuchten. Was man in den berüchtigten

Tintenklecksen sah, sollte angeblich nicht mehr abgefragt werden. Vielmehr sollte es sich um ein aufgeblähtes „Testen Sie sich selbst", wie man es aus Frauen- oder Fernsehzeitschriften kennt, handeln. Hier vermutete ich deutlich mehr Spielraum zur Manipulation als bei einem Wissens- oder Intelligenztest. Verhalten kann man vortäuschen, wenn obendrein bekannt ist, worauf die Gegenseite Wert legt. Weshalb vertrauten die Firmen bezüglich der fachlichen Qualifikation so sehr den Zeugnissen von Hochschulen? Sie vernachlässigten die eigene Kontrolle dieser Angaben und stürzten sich mit dubiosen Mitteln auf die Persönlichkeit.

„Herr Leiter, erzählen Sie doch etwas über sich!"

Dies war ein üblicher Einstieg in ein Vorstellungsgespräch. Ich hatte gelernt, damit umzugehen. Noch vor ein paar Wochen hatte ich Schwierigkeiten damit, weil sich die mir bis dahin bekannte Prüfungssituation umgekehrt hatte. An der Uni hatte man in erster Linie gelernt, Zahlen zu einem richtigen Ergebnis zusammenzusetzen und auf Fragen zu reagieren: Die bereits beschriebene Situation „Was ist eins plus eins?"

„Herr Leiter, erzählen Sie doch etwas über sich!" hingegen war ein Angebot, den reagierenden Part zu verlassen und selbst aktiv das zu sagen oder nicht zu sagen, was man wollte.

Für diesen Appell hatte ich keine Unterlagen, auch konnte bei Firma A das richtig sein, was bei Firma B wiederum falsch war. Deshalb fühlte ich mich unwohl und hatte mir nichts mehr als einen Einstellungstest in Papierform gewünscht. Dann könnte ich klar, deutlich und nachvollziehbar zeigen, wie gut es um meine Qualifikation stand. Schließlich war ich in den letzten fünf Jahren nicht untätig gewesen, hatte anständig gebüffelt und darüber hinaus in Presse, Funk und Fernsehen das aktuelle Tagesgeschehen verfolgt. Nicht unbegründet betrachtete ich mich als den klassischen High Potential. Denn auch der Umfang meiner Prüfungen hatte stetig zugenommen. Betrachtete ich mit 19 Jahren das Abitur als die größtmögliche aller Herausforderungen, so stellte ich zwei Jahre später fest, dass man auf das Vordiplom in jedem einzelnen Fach so viel wie in die gesamte Hochschulreife investieren musste. Die letzte Herausforderung, zwei Quantensprünge später und mit dem Titel

Diplomarbeit bezeichnet, verlangte die selbständige Ausarbeitung eines ca. 100-seitigen wissenschaftlichen Werkes. Nach diesem Weg fühlte ich mich oben auf der Leiter angekommen, um jetzt allerdings festzustellen, dass es noch einen weiteren Quantensprung gab, den ich zu meistern hatte. Auf den hatte mich meine universitäre Ausbildung nicht adäquat vorbereitet.

Erzählen sie doch etwas über sich! Was wäre die richtige Antwort? Im Gedankenlesen hatte ich kein Seminar besucht. Was sollte ich also sagen? Welche Fächer ich mit welchem Erfolg belegt hatte, stand ja in meinem Zeugnis. Sollte ich von meinem aktuellen Alltag berichten, der mich mit Schund-TV in Berührung brachte? Dass ich einfach nur einen Job haben wollte, um vielleicht doch noch auf große Fahrt gehen zu können?

In meinen ersten Gesprächen war ich an diesem Punkt noch ziemlich am Rumeiern. Was ich studiert hatte, in welchen Firmen ich meine Praktika geleistet hatte, welche Aufgaben ich dort übernommen hatte. Mittlerweile kam es mir routinierter und souveräner über die Lippen. Einmal hatte ich in dieser Situation an den Loriot-Sketch mit dem Lottogewinner Erwin Lindemann gedacht.

Meine Gesprächspartner machten sich Notizen zu meinen flüssigen Ausführungen, leider kaum Anstalten, mir zurückzuspiegeln, ob sie denn nun mit den von mir vorgetragenen Inhalten zufrieden waren oder nicht. Dann erlösten sie mich.

„Herr Leiter, wird danken Ihnen für Ihre Angaben. Jetzt sind Sie an der Reihe: Welche Fragen haben Sie an uns?"

„Keine."

Das war ehrlich. Denn das Unternehmen als solches war mir durchaus bekannt. Ich wusste, welche Produkte es herstellte, und eingangs wurde mir kurz über den Standort erzählt und die offene Stelle im Detail vorgestellt. Welche Fragen sollte ich haben? Die nach dem Gehalt sollte man als Bewerber nicht von sich aus anschneiden, diese durfte ich nicht stellen.

„Eine Frage müssen Sie doch haben."

Ich ging in Gedanken nochmals die Liste meines Finanzberaters durch, die er mir an die Hand gegeben hatte. Es war keine Frage dabei, die ich stellen konnte, ohne zu suggerieren, dass ich im Gespräch nicht aufgepasst hätte.

„Welche denn? Was würden Sie an meiner Stelle fragen?"
„Möchten Sie nicht unsere Fertigung sehen?"

29.09. Zug um Zug

Ich bezweifle, dass ich der einzige Mann bin, der seine Platzwahl im Zug folgendermaßen gestaltet. Wenn ich nicht reserviert habe, laufe ich einige Waggons durch und schaue, ob irgendwo in der unmittelbaren Nähe einer charmanten, allein-reisenden jungen Dame noch ein Platz frei ist. Nicht dass ich, derzeit auch beziehungstechnisch ohne Bindung, groß auf Auf-riss aus wäre, doch ein kleiner Flirt zur Entspannung und Über-prüfung des eigenen Marktwertes ist immer sehr unterhaltsam und angenehm. Vor allem, wenn man nach einem anstrengen-den Tagwerk einiger Zerstreuung bedarf.

Ich öffnete ruckartig die Tür eines Abteils, in dem eine Vertrete-rin meiner Zielgruppe, lesend und die Füße in Strümpfen auf dem Sitz gegenüber gestemmt, saß.

„Ja, sicher", entgegnete sie mir auf meine unverfängliche Frage, ob noch ein Platz frei sei. Dann richtete sie sich kurz auf, um ihre Strickjacke und ihren Rucksack neu zu ordnen; ihre Sa-chen belegten jetzt nur noch einen statt vorher zwei Plätze. Daraufhin vertiefte sie sich sofort wieder in ihr Buch.

Etwas demonstrativ schnaufte ich angestrengt durch, löste den Knoten meiner Krawatte und öffnete den obersten Knopf mei-nes Hemdes. Absichtlich sorglos streifte ich mich aus meinem Sakko und legte es grob auf den Sitz. Dann setzte ich mich schräg gegenüber von ihr hin. Ich schielte beobachtend zu ihr hinüber, wobei mir bewusst wurde, dass meine Aktion gerade eben eigentlich sehr offensiv wirken konnte: Da kommt einer ins Abteil und beginnt prompt sich die Kleider von Leib zu reißen!

Also beschloss ich, vorerst nicht weiter vorzupreschen, sondern auf eine günstigere Gelegenheit zur Kontaktaufnahme zu war-ten.

Meine Gedanken kreisten um den vergangenen Nachmittag. Ob ich denn diesmal ein Angebot bekäme? Wieder war alles un-verbindlich abgelaufen, aber dennoch nett und freundlich. Ich konnte nichts Positives, aber auch nichts Negatives ausma-chen, wieder blieb alles recht schwammig. Wie wurde es mir ausgelegt, dass ich nicht von mir selbst aus darauf drängte, die Fertigung sehen zu wollen? Mein Profil passte wiederum wunderbar auf die Stelle, und der Chef hatte selbst in Karlsruhe studiert. Das müsste doch eigentlich verbinden, dachte ich. Er kannte sogar meinen Mathedozenten aus dem Grundstudium, und es kam mir vor, als ob wir auf Augenhöhe, von Student zu Student eben, gesprochen hatten! Zudem, rein statistisch gesehen musste doch mal mein Bestreben von Erfolg gekrönt sein. In meine Ratlosigkeit hinein klingelte mein Handy. Ich kramte in meinem Sakko neben mir und blickte zu der jungen Dame hinüber, um herauszufinden, ob sie mich etwa angeberisch fand: So ein Yuppie im Anzug und derart wichtig, dass er nicht einmal im Zug sein Handy ausschalten konnte.

„Hallo Papa! Ja, war ganz ok, mal schauen, wann die sich bei mir melden. Schwer zu sagen, ob ich den Job bekomme. Ja, wäre zum 01.11., aber Tarif Ost. Ja, ich bin noch im Zug. Etwa eine gute Stunde vor Frankfurt. Ja, bis dann, tschüss!"

Etwas entschuldigend schaute ich zu meiner Mitreisenden hinüber, die während meines Telefonats von ihrem Buch aufgesehen hatte. Als ich aufgelegt hatte, las sie wieder weiter.

Sie war süß, gar keine Frage. In ihren schulterlangen, offenen blonden Haaren steckte eine Sonnenbrille, ohne tussihaft zu wirken. Ihr Oberteil war so bunt wie ein Hawaiihemd von Jürgen von der Lippe, doch es stand ihr zweifelsohne. Vielleicht, weil es zwei Brüste beherbergte, die ich als sehr wohlgeformt wahrnahm. Gerne hätte ich mich mit ihr unterhalten. Dementsprechend bedauerte ich es, dass die äußeren Umstände kein Gesprächsthema anboten. Weder hatte der Zug eine exorbitante Verspätung, die die Deutsche Bahn AG als gemeinsamen Feind qualifizierte, noch war der englische Teil der Durchsage nach der Abfahrt so schlecht, dass dieser für allgemeine Erheiterung gesorgt hätte. Auch das Abteil war anständig klimatisiert, und der frühe Abend war ebenfalls nicht die klassische Zeit, um einen gemeinsamen Kaffee im Speisewagen vorzuschlagen.

Zurückgelehnt kreisten meine Gedanken weiter, diesmal ging es um sie. Was machte sie wohl? Auf welcher Seite stand sie? War sie auch eine Studentin, in Ausbildung, oder stand sie schon im Berufsleben? Welches Buch las sie eigentlich? Die Rückseite des Umschlages war leider hinter ihrem jeansbekleideten Knien versteckt, ich konnte weder meine aktuelle Konkurrenz noch einen weiteren möglichen Ansatzpunkt für ein Gespräch ausmachen. Erneut wurde ich jäh durch mein Handy aus meinen Gedanken gerissen. Diesmal war es Ben, der sich nach dem Verlauf meines Tages erkundigen wollte.

„Hi Ben! Ja, war ganz ok, mal schauen, wann die sich bei mir melden. Schwer zu sagen, ob ich den Job bekomme. Ja, wäre zum 01.11., aber Tarif Ost. Ja, ich bin noch im Zug. Etwa eine knappe Stunde vor Frankfurt. Noch ein Bier heute Abend?"

„Heute ein Vorstellungsgespräch gehabt?"

Als ich nach dem Auflegen wieder prüfend zu ihr hinüber schaute, sprach sie mich an. Überrascht wie ich war, antwortete ich perplex und knapp mit „Ja" auf ihre Frage, statt ausgiebig und ausschweifend die Gelegenheit wahrzunehmen und mit ihr ins Gespräch zu kommen. Erst als ich meine Reaktion als Auslassen einer Gelegenheit realisierte, fielen mir bessere Antworten ein. Leider hatte sie sich bereits wieder in ihr Buch zurückgezogen. War wohl spannender als einer, der nur zwei Buchstaben rausbringt, wenn man ihn anspricht. Ich ärgerte mich innerlich und dachte darüber nach, ob ich wenigstens heute Nachmittag meine Chance besser genutzt hatte.

Verschämt schaute ich nochmals kurz zu ihr hinüber und redete mir ein, dass sie es in ihrem Augenwinkel bemerkt haben könnte. Dann konzentrierte ich mich auf die vorbeiziehende Landschaft. Die monoton fast im Sekundentakt vorbeiziehenden Oberleitungsmasten erinnerten mich an die Laternen des Werksgeländes von heute Nachmittag. Doch es beruhigte mich, dieses stupide Wusch – Wusch – Wusch, das ich mir bei jedem Masten dachte. Wo befand ich mich eigentlich? Die Landschaft war typisch für ein deutsches Mittelgebirge, doch wie nannte sich diese Gegend hier? Rhön? Spessart? Oder Taunus? Ich fühlte mich an den Erdkundeunterricht der fünften Klasse erinnert, als wir die Namen von sämtlichen deutschen Flüssen auswendig lernen mussten. Es bereitete mir jedoch kein allzu großes Kopfzerbrechen, dieses Wusch – Wusch – Wusch. Es hatte eher die Wirkung einer Daily Soap, die man sich abends anschaute, um sich auf den Feierabend einzustimmen. Da geht es ja auch mehr ums Abschalten als um das Verfolgen der Handlung. Mein Handy klingelte schon wieder.

Meine Reisebegleitung hielt inne, vergaß kurz ihre Lektüre und kicherte kurz und leise. Ich hob die Brauen, als ob es mir leid tat und ich nichts daran ändern könnte, dass ich ständig angerufen wurde.

„Ja, war ganz ok, mal schauen, wann die sich bei mir melden. Schwer zu sagen, ob ich den Job bekomme. Ja, wäre zum 01.11., aber Tarif Ost. Ja, ich bin noch im Zug. Etwa eine halbe Stunde vor Frankfurt. Noch Fragen?"

Ich war baff, denn nicht ich hatte diese Worte gesprochen, sondern sie, die sonnenbrillenbestückte junge Dame, an die ich bisher noch nicht so recht herangekommen war. Sie gluckste ein wenig, als sie fertig war, und hielt sie sich ihr Buch vor ihr Kinn, als ob sie sich meiner Reaktion ungewiss war und sich vorsorglich schützen wollte. Ich mochte Frauen, die Humor hatten und von sich aus die Initiative ergriffen. Diesmal beschloss ich, es besser zu machen als kurz zuvor, als ich ein aufkeimendes Gespräch im Keim erstickt hatte.

Ich bot ihr mein noch klingelndes Handy an und schlug vor, sie könne doch für mich sprechen. Sie lehnte zwar dankend ab, doch sie lächelte so großartig, dass ich genau wusste: Das Eis war nun gebrochen.

Diesmal war Sabine am Telefon, und auch sie wollte sich erkundigen, wie es mir heute ergangen war. Ich schilderte ihr routiniert den Ablauf, aber leider konnte auch sie mit ihrer Erfahrung von der anderen Seite keine genauere Interpretation liefern. Weil ich wieder die gleichen Worte gewählt hatte wie in meinen zwei Gesprächen zuvor, war meine Mitreisende nach wie vor so erheitert, dass es akustisch bis zu Sabine hindurch drang. Ich klärte sie über meine Situation im Abteil auf, wobei meine Worte mindestens zu 50% an die junge Dame mir schräg gegenüber gerichtet waren.

„Meine charmante Reisebegleitung ist gerade sehr amüsiert, weil du schon die Dritte bist, der ich von meinem Vorstellungsgespräch erzähle. Bevor ich abgenommen habe, hat sie meinen Text derart souverän aufgesagt, dass ich sie umgehend zu meiner persönlichen Assistentin machen sollte."

Irgendwie war ich stolz auf mich, indirekt geschmeichelt zu haben. Denn mal ehrlich, welche Frau hört nicht gerne das Worte charmant im Zusammenhang mit der eigenen Person?

Was nun folgte, war genau das, auf das ich aus war, als ich das Abteil betreten hatte. Wir unterhielten uns äußerst angeregt über uns, Gott und die Welt, und ich war dankbar für einen dieser Augenblicke, die einfach nur angenehm sind und abends vor dem Einschlafen einen Tag als einen schönen Tag verbuchen lassen. Bedauerlicherweise stieg sie in Frankfurt aus, doch mir ging es richtig gut: Im übertragenen Sinn wurde meine Männlichkeit mit Streicheleinheiten bedacht, dessen war ich mir sicher. Schließlich war sie kurz mit ihrem Handtäschchen auf dem Klo verschwunden, und danach wirkte ihr Lippenstift aufgefrischt. Wollte sie mir gefallen? Um meine Illusion nicht zu gefährden schaute ich, als der Zug in Frankfurt stand, nicht auf den Bahnsteig.

Vielleicht hätte ich das aber besser tun sollen, dann hätte ich das folgende Unheil womöglich früher kommen sehen. Es erschien in Form von drei Interrailreisenden mit riesigen Rucksäcken, die mich beinahe erschlugen, als sie von den Rücken auf die Gepäckablage verfrachtet wurden. Die Typen waren etwa drei Jahre jünger als ich, und kamen, wie ich ihrem Gespräch entnehmen konnte, gerade aus Amsterdam. Sie hatten sich zumindest mit legalen Rauschmitteln ordentlich eingedeckt, denn sofort öffnete jeder von ihnen ein Amstel, und ich durfte Zeuge einer Lobeshymne auf pfandfreie Dosen werden.

Interrail hatte ich früher auch mal gemacht, war eine coole Sache. Man reist von einer europäischen Großstadt zur nächsten, schläft abwechslungsweise in Nachtzügen, schäbigen Herbergen, mittags in Parks oder zur Abwechslung auch mal gar nicht, und lernt dabei unheimlich viele Gleichgesinnte kennen, mit denen man sich dann über das Frühstück bei McDonald's in Barcelona unterhalten kann.

Wir hätten bestimmt miteinander gequatscht, wenn ich auch auf Tour gewesen wäre. So aber wollten sie mit mir in meinem feinen Hemdchen nichts zu tun haben. Ich allerdings interessierte mich für den Verlauf ihrer Skatrunde, auch wenn sie keinerlei Rücksicht auf mich nahmen, was beispielsweise ihre Lautstärke betraf. Um nicht anbiedernd dazustehen, schielte ich gekonnt meinem Nebensitzer in die Karten. Dieser Status der Koexistenz blieb erhalten, bis einer eine neue Amsteldose hervorkramte. Als er sie in der Hand hielt, beschwerte er sich, dass sie mittlerweile pisswarm sei. Als er sein niederländisches Erfrischungsgetränk auf Hopfenbasis öffnete, schoss sogleich ein Schaumstrahl nach oben und klatschte auf mein Sakko hinab. Strafend sah ich ihn an, denn ich hatte die Vermutung, dass er es mit Absicht getan hatte. Ich würde, wenn ich schon merke, dass das Bier warm ist, mehr Vorsicht walten lassen. Außerdem hatte er behäbig reagiert und zu lange gewartet, bis er endlich seine Dose in einen ungefährlicheren Bereich gebracht hatte und keinen weiteren Schaden anrichtete.

Natürlich kam ich mir ein wenig lächerlich vor, als ich aufgeschreckt den Schaum von meinem Sakko strich und überlegte, ob die Flecken rausgingen. Ich unterschied mich von den eitlen und überreagierenden Unternehmensberaterfuzzis darin, dass ich derzeit knapp bei Kasse war und die Kosten für die Reinigung nur ungern aufbringen wollte. Der Typ benutzte flüchtig den Imperativ „Entschuldige". Weil ich ihm keine Absicht nachweisen konnte, sah ich mich gedrängt zu akzeptieren. So waren die gesellschaftlichen Regeln. Ich fand es unverschämt, dass er diese Form und nicht die der Bitte um Entschuldigung wählte. So sprach sich der Angeklagte selbst ein mildes Urteil zu, weil er den Richter nicht fragte. Ich dachte daran, in Mannheim so zu tun, als ob ich mein Reiseziel erreicht habe und ein paar Abteile weiter zu ziehen. Dies erschien mir ebenfalls lächerlich. Falls die Burschen mich dann doch noch einmal sähen, wäre dies ein fatales Eingeständnis einer Niederlage.

Ich sinnierte, weshalb ich mir in meinen Augen so lächerliche Gedanken machte. Weshalb dachte ich an Niederlage? Weil sie in Frankfurt nicht gefragt hatten, ob noch frei sei, sondern sich einfach gesetzt und mein Territorium besetzt hatten? Warum regte ich mich innerlich so auf? Das mit dem Bier, gut, das kann passieren.

Oder war es vielmehr so, dass ich vor zwei Jahren noch ganz genauso war wie sie? Bis vor kurzem waren mir Anzugtypen ja auch suspekt, und nun war ich einer. Wie suspekt war ich mir vielleicht selbst geworden? Oder ärgerte es mich, dass sie mich nicht als einen von ihnen erkannten, der auch gerne ein Bierchen getrunken und mit ihnen Karten gespielt hätte?

Der Bodo von heute befand sich in einem Konflikt mit dem Bodo von gestern. Der geschniegelte Anzugträger und der coole Student begegneten sich auf der Zeitachse und kreuzten die Schwerter. Das kann ja noch heiter werden!

Weiterhin spürte ich allerdings Missachtung mir gegenüber im Verhalten meiner Abteilgenossen, und auch ich zog mich in meine verschränkten Arme zurück. Dann, kurz vor Mannheim, kramte einer seine Zigaretten hervor, hielt den anderen anbietend die Schachtel unter die Nase, und sie zündeten sich ihre Kippen an. Normalerweise habe ich nichts dagegen, wenn in meiner Umgebung geraucht wird, doch der Bodo von heute wollte noch eine Rechnung begleichen.

„Muss das sein?", fragte ich vorwurfsvoll, und deutete auf das Schild, das auf ein Nichtraucherabteil hinwies. Ich erfüllte das Bild des Spießers, welches mir zugedacht worden war.

„Ist das ein Problem für dich?"

Selbstverständlich hatte ich damit gerechnet, dass ich als Biedermann und notorischer Pedant dargestellt werde. Vielmehr hatte ich sogar darauf gehofft, dass sie nicht gleich klein bei gaben, denn ich wollte die jungen Herren mit ihren eigenen Waffen schlagen. Dazu nutzte ich die Diskrepanz zwischen Vorschriften und Political Correctness. Ich genoss den verschämten und schuldbewussten Gesichtsausdruck, der sich unmittelbar nach meiner dreisten Behauptung eingestellt hatte: „Kein Problem, aber Asthma!"

01.10. Ich – die Nummer zwei

Wir saßen in einem Raum, in dessen Mitte auf einem Tisch Obst und Mineralwasser bereit standen, und schwiegen uns an. Oder belauerten wir uns, warteten darauf, dass einer einen Fehler machte? Wir waren Konkurrenten um eine Stelle. Uns vier hatte ein deutsches Großunternehmen zu einem ganztägigen Auswahlverfahren eingeladen.

Sitzen und Warten. Fast wie damals, als ich auf meine Wehrtauglichkeit hin gemustert wurde. Doch damals war das erklärte Ziel, möglichst nicht genommen zu werden. Man verzichtete auf das Frühstück und nahm zu viel Kaffee zu sich, um eine schlechte Konstitution vorzutäuschen. Ich kenne niemanden, bei dem dieses Unterfangen von Erfolg gekrönt war. Berüchtigt war die Musterung für den EKG, den Eier-Kontroll-Griff. Resolute Damen in den Fünfzigern tasteten mit einem Gummihandschuh die Hoden der jungen Generation ab – mir hatte dies keine Freude bereitet. Auf die hier möglichen verbalen EKGs war ich vorbereitet. Hatte ich doch erst auf der Fahrt hierher die Unterlagen meines Finanzberaters erneut durchgearbeitet.

Die Atmosphäre war verkrampft, als ob wir uns in tatsächlich in Unterhosen gegenüber saßen. Dabei steckten wir alle in passablen Businessklamotten. Na gut, einer tanzte aus der Reihe. Sean Senlos war ohne Sakko und Krawatte, dafür aber in Jeans angerückt. Vorhin, als wir begrüßt wurden und der Ablauf des Tages erläutert wurde, sagte der Cheftyp „Ich begrüße alle anwesenden Kandidaten, die ein breites Spektrum an akademischen Hintergrund, Länge der Anreise sowie Art des Erscheinungsbildes aufweisen."

Ich hatte den Jeanstypen angeschaut, um herauszufinden, ob er sich im Klaren war, dass er aus der Reihe tanzte und sich einen Nachteil eingehandelt hatte.

Die anderen Mitbewerber waren Anna Lysé und Bill Anz, der vorhin in der Vorstellungsrunde erwähnte, dass er bereits als Praktikant für dieses Unternehmen tätig gewesen sei. Wie im Wartezimmer eines Arztes für Geschlechtskrankheiten starrten wir alle vor uns hin.

„Rennen bei euch an der Uni auch die Fritzen von dem Finanz-dienstleister mit den drei Buchstaben rum und bieten euch Be-werbertrainings an?" warf ich in den Raum.

Mir war, als wäre man dankbar, dass endlich jemand etwas sagte. Gelöst war die Stimmung nach wie vor nicht, doch wir tauschten einige Floskeln über unsere bisherigen Erfahrungen aus. Anna Lysé war der Ansicht, sich mit einer CD-ROM am besten bewerben zu können. Ihr Freund, Grafiker und Werbe-designer, habe ihr eine schicke Homepage erstellt, die alles enthielt. Lebenslauf, Zeugnisse, alles sei drauf, und auf CD würde sie dies den Firmen zuschicken.

Bevor wir die Vor- und Nachteile dieser Variante wohlwollend im Smalltalk diskutierten konnten, kam eine Frau in verwasche-ner Bluse und ebenfalls in Jeans herein und sagte, Anna Lyse und Sean Senlos sollten mitkommen, ihre Einzelgespräche würden nun statt finden.

Diese Frau war vom Betriebsrat, der laut dem Cheftypen bei der Personalauswahl Mitspracherecht hatte. Sie war mir bisher dadurch aufgefallen, dass sie bei jeder Gelegenheit ihren Niko-tinspiegel in die Höhe jagte, nichts sagte und teilnahmslos da saß. Ob unser Jeanstyp Vorteile hatte, wenn jemand für den Betriebsrat gesucht wurde? Ich dachte an eine Geschichte zurück, die Ben vor einem Jahr erzählt hatte, als er sich spora-disch auch außerhalb der Uni beworben hatte. Fragwürdig fand er es, als ihm bei einem Vergabeverfahren im öffentlichen Dienst deutlich gemacht wurde, dass er zwar sämtlichen Anfor-derungskriterien entspräche, doch die Kriterien der Gleichstel-lung mehr Gewicht hätten. Er hatte einen Job nicht bekommen, weil eine Quotenfrau gesucht worden war.

Ich stand auf, weil ich mir ein wenig die Beine vertreten wollte, schnappte mir eine Banane aus dem Obstkorb und ging ans Fenster. Gedankenlos schaute ich zwei adretten Business-damen nach, die auf dem Weg zum Parkplatz waren. Nach wie vor hatte ich mir das nicht abgewöhnt. Ich bemerkte, dass sich Bill Anz neben mich gestellt hatte und wohl Zeuge des selben Ereignisses wurde.

„Da hinten bauen sie jetzt ein Parkhaus."

Ich wusste nicht weshalb, aber er lenkte – zudem äußerst plump - vom eigentlichen beobachteten Objekt ab, und ich dachte daran, dass dieser Tag doch bald zu Ende sein sollte, bevor wir hier noch alle fest froren.

Der Tag ging zu Ende, und ich hatte die Zusage – in einem vertraulichen Feedbackgespräch übermittelt - im Gepäck, dass sich die Firma in den nächsten zwei Wochen bei mir melden würde. Als ich die Treppen der U-Bahnstation hinab gestiegen war, sah ich Bill Anz. Er entledigte sich gerade seiner Krawatte.
„Alles klar bei dir?"
Ich fühlte mich nach wie vor im offiziellen Rahmen, so dass ich es für gegeben erachtete, mit ihm Konversation zu betreiben. Wir waren keine fünf Gehminuten von der Firma entfernt.
„War schon sehr skurril heute?"
Er antwortete mit einer Gegenfrage und war deutlich entspannter als vorhin.
„Was haben sie zu dir gesagt?"
„Eine Woche Bedenkzeit habe ich. Dann muss ich mich entscheiden, ob ich den Job will oder nicht."
„Glückwunsch. Ich bin Dein Back up. Sie melden sich bei mir in den nächsten zwei Wochen. Wie liefen bei dir die Einzelgespräche?"
„Der Cheftyp war total daneben. Fragte mich – ich bin Elektrotechniker – was mich denn dazu bewogen hätte, Chemie zu studieren. Dann stellte sich raus, dass er die falsche Mappe vor sich liegen hatte, als er mich durch die Mangel nehmen wollte."
Ich war also kein bedauerlicher Einzelfall, der die Erfahrung machen durfte, welch zirkusreife Leistungen sich manche Firmen erlaubten. Na gut, Bill Anz hatte ein konkretes Jobangebot, das er auch annehmen würde. Er meinte, er wollte denen nur nicht bereits heute um den Hals fallen.
Wir tauschten E-Mailadressen aus, wohl zum letzten Mal per Schmierzettel. Bald würde zumindest er dies mit Visitenkarten erledigen können. Komisch, vor ein paar Stunden hatten wir uns noch beargwöhnt und von einander gedacht, wir nehmen uns gegenseitig den Job weg. Jeder hatte die gleichen Startchancen, und das Rennen war offen. Jetzt, da die Verhältnisse

klar waren und ich genau wusste, wer zwischen mir und meinem möglichen Job stand, spürte ich nichts von dieser Missgunst.

09.10. Ernstgenommen

Im Jahre 1532 veröffentlichte Niccolo Machiavelli sein bis heute nicht vergessenes Hauptwerk „Der Fürst". Diesem Fürsten, so Machiavelli, sollte von der Allgemeinheit alle Macht übertragen werden, um selbstlos zum Wohle dieser Allgemeinheit unbeeinflusst die richtigen Entscheidungen treffen zu können. Sozusagen als Legislative, Judikative und Exekutive in einer Person; dies sei die effizienteste Form menschlichen Zusammenlebens: ohne Korruption, Verfolgung oder Ausbeutung einzelner Bevölkerungsgruppen sowie Amtsmissbrauch um eigene Interessen durchzusetzen. Dies setzt selbstverständlich das Vertrauen aller Untertanen in die Richtigkeit des auch von sich selbst unabhängigen Fürsten voraus.

Jeder Mensch beginnt sein Leben in dieser Lebensform. Es sind die Eltern, denen man dieses Urvertrauen schenkt, und sie entscheiden – nach ihren Maßstäben – zum Wohle ihres Kindes. Dies funktioniert zumeist wunderbar, weil zum einen die Eltern das Interesse an der optimalen Entwicklung ihres Kindes haben, und zum anderen, weil dem Säugling nichts anderes übrig bleibt. Der junge Mensch lernt auf diese Weise, dass sein Leben funktioniert, und die Anfänge seines Lebens außerhalb der Familie sind ebenfalls derart aufgebaut. Im Kindergarten und in der Schule gibt es Respektspersonen, deren Wort Gesetz ist und deren Entscheidungen akzeptiert werden. Allerdings ist die Schule auch der Ort, an dem dieses System zuerst in Frage gestellt wird, weil entweder die Kompetenz der „Fürsten" angezweifelt wird oder der entwickelnde Mensch sich seine Selbständigkeit und Unabhängigkeit erarbeiten möchte.

Vielleicht hatte ich unbewusst die Illusion gehegt, dass in Personalabteilungen Personen fürstlichen Schlages sitzen. Ich hatte darauf gehofft, dass mein Karlsruher Edeldiplom für sich sprach. Es wäre bestimmt nicht die falsche Entscheidung, mich einzustellen. Noch weniger falsch wäre es, mich mindestens zu einem Vorstellungsgespräch einzuladen.

Immerhin, diese Hürde hatte ich wieder einmal nehmen können. Die Firma war ein großer deutscher Konzern, der in seinem Gemischtwarenladen alles zwischen Atomkraftwerken und elektrischen Zahnbürsten führte. Doch leider hatte ich insgesamt nicht mehr als eine Erfahrung in Form der eben angedeuteten Einsicht gewinnen können.

Die Reste meiner eventuellen Illusion wurden klirrend zerschlagen, weil ich ein besonders träges Exemplar der Gattung Personalsachbearbeiter kennenlernte. Ich fragte mich, wie es dieses Unternehmen mit gewerkschaftlich abgesicherten Schnarchzapfen zum Global Player bringen konnte.

Der Typ trug ein Sakko, das an den Ellenbogen mit Ärmelschonern versehen war, die Brille hatte er wohl Erich Honecker aus dem Sarg geklaut, und seine Schuhe hatten eine löchrige Fußmattenstruktur, so dass ich seine weißen Socken durchschimmern sah. Er hätte in jede klischeeerfüllende Amtsstube gepasst.

In einem Besprechungszimmer hatte ich gewartet, und als er kam, schob er sich gerade den letzten Bissen Vollkornbrot mit Teewurst zwischen die Backen, lutschte sich das Fett von einem Finger und streckte mir die Hand entgegen.

„Guten Tag Herr Reiter."

„Leiter, guten Tag. Leiter ist mein Name," entgegnete ich, und ich wusste sofort, das ab jetzt nur noch Zeitverschwendung folgen konnte.

„Ach so, Leiter. Entschuldigung. Nehmen Sie Platz!"

Dass ich bereits gesessen hatte und mich zur Begrüßung nur halb von meinem Stuhl aufrichtete, nahm er anscheinend nicht so recht wahr. Er reichte mir seine Visitenkarte.

„Nun Herr... Leiter, dann erzählen Sie mal, was Sie bisher gemacht haben, und weshalb Sie genau bei uns arbeiten wollen."

Das konnte ich inzwischen ganz gut, von mir erzählen. Die Begeisterung in meinen Ausführungen passte ich aufgrund der Perspektive an das Temperament meines Gegenüber an. Auf seiner Karte hatte ich gelesen, dass er Betriebswirt (BA) war. Na toll, dachte ich! So einer darf also entscheiden, ob ich, immerhin Wirtschaftsingenieur ohne einschränkenden Klammerzusatz, die Chance auf einen Job bekomme oder nicht. Er wäre bestimmt nicht in die Auswahl für die Stelle gekommen, und doch war ich von ihm abhängig. Diese Macht schien er still zu genießen.

Offiziell bedeutet BA Berufsakademie, in seinem Fall konnte es ebenso „bereits angestellt" oder „beim Ausruhen" heißen. Nichtsdestotrotz war ich frustriert, besonders, als sich die Aussichtslosigkeit bestätigte.

„Herr Leiter," unterbrach er mich, „zweifelsohne sind Sie ein gut qualifizierter Mann. Wie Ihnen vielleicht aus der Presse bekannt ist, haben wir kürzlich ein Unternehmen aufgekauft."

Er sprach, als ob er bei einem Deal dieser Größenordnung immer persönlich dabei wäre.

„Das bedeutet, dass wir derzeit etwa 2.000 andere Leute, mit bestehenden Arbeitsverträgen, integrieren müssen. Da spielen rechtliche und soziale Faktoren eine Rolle."

Ich war also in einem Spiel, bei dem die Gegner acht Tore Vorsprung hatten und der Schiedsrichter gegen mich war. Weshalb hat man mich denn eigentlich eingeladen, wenn es keinen Job mehr gab? Oder wusste in dieser Black Box Personalabteilung die linke Hand nicht, was die rechte tat? Das Einladungsschreiben hatte ein anderer als dieser Sesselfurzer unterschrieben. Hatte sich zwischen Einladung und Termin etwas entscheidendes getan? Der Kauf des anderen Unternehmens konnte es nicht sein, der lag bereits ein paar Monate zurück und war auch mir nicht entgangen. Ich ließ mich nicht gerne für dumm verkaufen.

„Für die eigentliche Stelle sind wir angehalten, so will es der Betriebsrat, die Besetzung intern vorzunehmen. Dennoch, ich kann Ihnen ein Praktikum in unserem Haus anbieten. Sie haben die Chance, Erfahrungen zu sammeln und sich bei uns zu bewähren. 400 Euro sind für einen Studenten eine Menge Geld."

„Ich denke, wir beenden jetzt unser Gespräch. Es ist kurz nach halb vier. Dann können Sie jetzt noch ausgiebig Scheissen gehen und pünktlich um 16:00 Uhr Feierabend machen."

Habe ich nicht gesagt, hätte ich aber liebend gerne getan. Schwächer hatte ich mich noch nie in einem Gespräch gefühlt, weil ich der Ansicht war, mittlerweile an Stärke gewonnen zu haben. Doch es war weiterhin Willkür, die herrschte. Ich konnte meinen Erfolg nicht beeinflussen. Und jetzt bot mir ein Sesselpupser ein Praktikum zum Hungerlohn an, in der Überzeugung, mir etwas Gutes zu tun. Ich sollte lernen. Dabei hatte ich beinahe zwei Jahrzehnte nur gelernt, und mit meinem Diplom, sagte unser Bildungssystem, sollte ich genug gelernt haben. Über einen Job entschieden mehr als nur Qualifikation und Engagement. Heutzutage schien es die Gnade der frühen Geburt zu sein, in einer Boomphase jung gewesen zu sein und seine Pfründe auf ewig gesichert zu haben.

15.10. Der Eklat

Erinnern Sie sich, geneigte Leserin oder Leser, noch daran, dass ich Zeitungsannoncen durchblätterte und daraufhin Bewerbungen schrieb? Erinnern Sie sich noch an die eine Anzeige, die mir einerseits merkwürdig, andererseits hochinteressant erschien?

Ja, genau, ich meine diese eine, die aus dem Medienbereich. Eine Personalvermittlung hatte folgendermaßen inseriert:

„[...] Zu unseren Kunden gehört ein deutsches Verlagshaus, das in seinem Genre europaweit führend ist. [...] Für unseren Kunden suchen wir junge, engagierte Mitarbeiter, die zukünftig zu diesem Erfolg beitragen wollen. Nach dem Einstieg im Vertrieb und der Pflege bestehender Kundenbeziehungen können Sie sich für höhere Aufgaben im Innendienst und strategischen Management empfehlen [...].“

Klingt das nicht geheimnisvoll und interessant?

Selbstredend hatte ich damals in einem Rundumschlag auch jene Personalvermittlung mit meiner Mappe bedacht, und als ich schon gar nicht mehr damit rechnete etwas zu hören – immerhin waren drei Monate vergangen, erhielt ich dann doch noch eine Einladung zu einem Vorstellungsgespräch.

Ein wenig komisch kam mir das Ganze dennoch vor. Ich hatte ja viel mitgemacht, in der letzten Zeit. Das wievielte Vorstellungsgespräch es mittlerweile war, konnte ich beim besten Willen nicht sagen. Immerhin trat ich mit einem breiten Erfahrungsschatz die Reise an. Nach Offenburg wurde ich bestellt, und selbstverständlich dachte ich:

Medienbranche? Offenburg? Das muss doch Burda sein! Das wäre doch was. Welch großes Los für mich! Ich fühlte mich bestätigt in allem, was ich bisher getan hatte. Meine Chance schien zu kommen. Burda Medien, das ist eine Adresse! Kein so – Norbert in allen Ehren - Popelladen wie Alboplast. Ich würde es meinen Skeptikern, meinem Vater allen voran, schon zeigen.

Erneut saß ich perfekt geschniegelt in einem Zug und war bereit, mein Bestes zu geben. Ein wenig sinnierte ich über das, was ich in der Vergangenheit vielleicht falsch gemacht hatte.

Ich war froh, dass ich diese Fehler bereits begangen hatte, denn dies machte mich sicher, sie kein weiteres mal zu begehen. Immerhin ging es um etwas. Mein Berufseinstieg! Meine Karriere! Bei Burda! Bei Burda?

Was mir komisch vorkam, war, dass der Bewerbungsprozess in einem unscheinbaren Landgasthof fortgesetzt wurde. Burda hatte hier doch massig Räumlichkeiten, dachte ich, und alle Bewerbungsgespräche, die ich bisher mitgemacht hatte und die nicht in Firmenanwesen stattfanden, waren in teuren Hotels. Jedenfalls nicht in einem Landgasthof „Goldener Ritter" oder so ähnlich, selbstredend ein Familienbetrieb in vierter Generation.

Im Taxi fuhr ich vor, und als ich ausstieg, kam gleich so ein Typ auf mich zu. Ich sage „so ein Typ", weil es zutraf. Er tigerte vor dem Eingang auf und ab, und als er meine Ankunft registrierte, zog er ein letztes Mal an seiner Zigarette, warf sie zu Boden und trat sie aus. Dass er etwas mit mir zu tun haben sollte, überraschte mich. Geschäftsleute hatte ich bisher immer anders erlebt. Auf alle Fälle seriöser in der Kleidung. Er hingegen trug ein scheußliches Hemd, das selbst in einer 80er-Show zu viel gewesen wäre. Dazu Jeans und Mantaletten – igitt, Cowboystiefel! Minipli und eine Lederjacke, die ich eher einem Zuhälter zugetraut hätte, rundeten sein Erscheinungsbild ab. Gut, dass Journalisten einen nicht ganz konformen Kleidungsstil pflegen, war mir bekannt. Doch das, was dieser Typ an den Tag legte, war peinlich, nicht extravagant. Sei's drum, vielleicht war er ja nur der Laufbursche.

Wir begrüßten uns, ich verbarg meine Verwirrung und wir gingen hinein. Dort sagte er, ich müsse mich noch ein wenig gedulden, sie seien mit der Zeit ein wenig im Verzug. Kein Problem, antwortete ich, und er wies mich an, in der Gaststube zu warten.

„Bestellen Sie sich einen Kaffee, oder etwas zu essen, falls sie Hunger haben. Dauert vielleicht noch eine halbe Stunde."

Da saß ich nun, am einzigen Tisch, bei dem die Stühle nicht mit der Sitzfläche nach unten auf der Tischplatte standen. Wenn man irgendwo alleine sitzt und wartet, versucht man, sich die Zeit zu vertreiben. Wenn ich nichts dabei habe, mit dem ich mich beschäftigen kann, endet das bei mir meistens damit,

dass ich mir den Raum ganz genau anschaue. Hier saß ich nun in einer ländlichen, mittelbadischen Gaststube, die in ihrer Hauptnutzung wohl eher nicht Firmen für deren Bewerbungsgespräche zur Verfügung stand. Die Wände waren mit braunem Holz gut bürgerlich vertäfelt, die Lampen hingen an schweren Ketten weit von der Decke herab und sowohl die Gardinen als auch die Tischdecken waren trotz regelmäßigen Waschens vergilbt und rochen nach Rauch. Die Geweihe repräsentierten wohl die lokale Jägertradition, und die aufgehängten Urkunden zeugten von den Erfolgen der Damenkegelmannschaft auf Bezirksebene. Ich konnte förmlich das Rumsen der Kugel hören, wie sie in diese neun Holzdinger rauschte, umfegte und unter Leuten, zu denen ich auch in 30 Jahren nicht gehören wollte, Jubelschreie auslöste. Hier wartete ich nun ganz allein darauf, dass ich hereinbestellt wurde. Inzwischen hatte ich auch meinen Kaffee. Die Tochter des Hauses hatte sich meiner angenommen, als sie die restlichen Stühle von den Tischen genommen und klobige Werbegeschenkaschenbecher der Sparkasse auf die Tische gestellt hatte. Sollte das wirklich der Burda-Konzern sein, der hier seine neuen Mitarbeiter auswählt? Die weitere Zeit vertrieb ich mir damit, dass ich mir das Führen einer Gaststätte vorstellte. Mit meinem universitär geprägten wirtschaftlichen Verstand rechnete ich durch, wie viele Gäste ich pro Tag haben müsste, um mit Personal, Unkosten, Preisgestaltung und durchschnittlichem Konsum auf mein angestrebtes Gehalt zu kommen. Auch wenn ich mich nicht dazu entschlossen hatte, morgen in die Gastronomie zu gehen, hatte es erfolgreich dazu geführt die Zeit zu vergessen. Der „so ein Typ" kam herein und nahm mich mit in eines der Hinterzimmer.
Dort saßen zwei Männer und eine Frau nebeneinander und wiesen mir per Handzeichen den Platz auf der anderen Seite ihres Tisches zu. Diese Anordnung sah schon so ein wenig nach „Deutschland sucht den Superstar" aus.
Obwohl ich hier nicht bei RTL war, hatte ich unmittelbar das Gefühl, den, der ganz links saß, zu kennen. Den kennst du, und irgendwo hast du ihn schon einmal gesehen, hatte ich gleich gedacht. Das beruhigte mich, denn es bestärkte meinen Glauben darin, dick ins Mediengeschäft einsteigen zu können. Zwar

war er vom Erscheinungsbild nicht sehr weit von diesem „so ein Typ" entfernt, doch ich überlegte fieberhaft, wo ich ihn schon einmal gesehen hatte. Dass dem so war, daran ließ ich keinen Zweifel. Ob es nun der Chefredakteur eines Magazins war, das er monatlich auf Seite drei mit Vorwort ziert und ich vielleicht einmal im Jahr las, oder ob ich ihn im Fernsehen gesehen hatte – keine Ahnung! Wo war er mir schon einmal begegnet? Politik? Bei Sabine Christiansen oder Maybrit Illner? Unwahrscheinlich. Gast im Morgenmagazin? Vielleicht. Als Schauspieler in einer dieser Gerichtsshows? Schon möglich! Schauspieler? Ja, das könnte es sein. Kino schloss ich aus, wohl eher eine Vorabendserie. Aber welche?

Die drei, die da saßen, vervollständigten noch irgendwelche Notizen, wohl Bemerkungen zum Bewerber davor, dann legten sie ihre Blätter zur Seite.

„So Herr Leiter, schön, dass Sie da sind. Hatten Sie eine angenehme Anreise?"

Die Frau, so um die vierzig und leicht solariumgebräunt, begann das Gespräch. Wir kamen ins Plaudern, und gekonnt wechselte sie zwischen unverfänglichem Smalltalk und investigativen Personalerfragen. Ich mochte sie, trotz ihrer Dieter-Bohlen-Fön-Frisur, und ich begann, mich wohl zu fühlen. Bereitwillig erzählte ich von meinem Studium, meiner Diplomarbeit, meinen Qualifikationen und dem, was ich neben dem Studium gemacht hatte. Alles sprudelte aus mir nur so heraus, obwohl ich eigentlich vermeiden wollte, dass meine Zunge schneller wurde als mein Verstand. In der Vergangenheit hatte ich mich schon zu oft um Kopf und Kragen geredet.

Als dann der eine, den ich zu kennen glaubte, das erste Mal den Mund aufmachte und etwas sagte, kam mir ein Verdacht. Jetzt weiß ich, wo ich den schon einmal gesehen habe! Nein, ist das komisch! Wenn das die anderen beiden wüssten! Aber konnte das denn sein? Dass ich ihn in einem Porno gesehen hatte?

Ich nutze die Phasen, in denen die Frau mit der Bohlen-Frisur sprach, zum Nachdenken. Was das wohl für einen Eklat gäbe! Sollte ich lauthals aufschreien und sagen: Hey, ich kenne Sie! Sie, genau Sie! Sie sind doch der voyeuristische Bademeister aus diesem alten Porno! „Hauptsache feucht!" oder so ähnlich. Damals hatten Sie noch einen Schnauzer, aber trotzdem, ich erkenne Sie! Sie haben die Synchronschwimmerinnen der Reihe nach in der Dusche gevögelt! Wie die anderen wohl reagierten, wenn ich ihn derart brüskierte? Was würde er selbst sagen?

Ich schaute mich im Raum um, sah hingegen kein Möbelstück, das sich für einen flotten Spruch in Richtung Besetzungscouch eignete.

Ich begann erneut, mich auf das Gespräch zu konzentrieren. Die Analyse meines Werdegangs neigte sich dem Ende zu, und man bat mich, meine Vorstellungen, Erfahrungen und mein Interesse an der Branche darzustellen.

Tja, da ich nun keine allzu konkreten Vorstellungen hatte, kam ich ein wenig ins Schwimmen. Denn eigene Erfahrungen in der Medienbranche hatte ich keine. Aber ich stellte es mir cool vor, dort zu arbeiten. Jeder könnte gleich etwas damit anfangen, wenn ich sagte, ich arbeitete für dieses oder jenes Magazin. Ganz im Gegenteil zu anderen Akademikern, die bei einer kleinen Klitsche gelandet sind. Eine Klitsche, deren Namen noch kein Schwein jemals gehört hatte, und die Dinge taten, die man Normalsterblichen auch nicht in der Dauer von drei Flaschen Bier erklären konnte.

Auf alle Fälle hatte ich ziemlich dick aufgetragen, und vor allem meine sozialen Kompetenzen und meinen unbändigen Willen zu arbeiten in den Vordergrund gestellt. Es schien gewirkt zu haben.

„Danke Herr Leiter, Ihre Ausführungen waren sehr überzeugend. Jetzt sind wir dran, Sie von uns zu überzeugen."

Der Bademeister hatte gesprochen, das war wohl jetzt sein Part. Er begann, indem er das Verlagshaus zuerst mit dessen wirtschaftlichen Kenndaten vorstellte: Umsatz, Gewinn und Geschäftsentwicklung in den letzten Jahren. Dabei war ihm die Unanfälligkeit gegen wirtschaftliche Gesamttendenzen besonders wichtig. Ich musste mich bemühen, ernst zu bleiben, denn mir kamen immer wieder die Bilder in den Kopf, wie er unter der Dusche steht und Synchronschwimmerinnen vögelt. Würde es

Ihnen, geneigte Leserin, geneigter Leser, gelingen, in einer vergleichbaren Situation ernst zu bleiben?

„Unser Haus besitzt auch eine lange Tradition im europäischen Ausland. Bereits in den 60er Jahren hatten wir eine Niederlassung in den Niederlanden und in Belgien, und kurz darauf haben wir uns nach Skandinavien gewagt."

Wohl wegen der Schwedenfilme, dachte ich sofort.

„Sie sehen, Herr Leiter, wir sind ein seriöses Verlagshaus mit gewachsenen Strukturen."

Ich fragte mich, weshalb er das „seriös" so betonte. Das machten sonst nur Leute, die eben nicht seriös waren. Wie etwa die Kreditvermittler, die mit Kleinanzeigen in zweifelhaften Magazinen auftauchen.

„Ihre Aufgabe wird es sein, unsere Endabnehmer zu betreuen. Jeder unserer Außendienstmitarbeiter ist für etwa 60 Fachgeschäfte zuständig. Dieser Kundenstamm ist zu pflegen und zu erhalten. Neben der Auftragsverwaltung und korrekten Abrechnung haben Sie sehr viel Spielraum, Ihre eigenen Ideen einzubringen. Dazu gehört beispielsweise, vor Ort mit den Händlern Sonderaktionen abzustimmen, die Auslagen zu gestalten und Ähnliches. Zusätzlich haben Sie freie Hand, wenn es darum geht, die Präsenz unseres Hauses auf den Fachmessen in ihrer Region zu konzipieren. Ihre gesamte Persönlichkeit und Ihre Kreativität wird gefordert."

Mit dem Ende seines letzten Satzes blickte er mir bohrend in die Augen, doch mein Gehirn tauschte dieses Bild gegen das eines Typen, der kurz davor war, mit verzerrter Mimik Sperma zu verkleckern. Ich biss mir auf die Zunge, um nicht zu lachen. Schon komisch, dachte ich, da labert er und labert, und ich weiß noch immer nicht, um was es eigentlich geht. Der Name des Verlags sagte mir überhaupt nichts, und bisher hat niemand den Namen eines Produktes ins Spiel gebracht. Was aber naheliegend wäre. Als ob Beiersdorf verschweigt Nivea herzustellen.

Weiterhin blickte er mich an und schien eine Reaktion zu erwarten. Er wertete mein Schweigen jedoch nicht als Unhöflichkeit, sondern als Zögern und zog weitere Argumente aus dem Ärmel.

„Zudem haben Sie die Möglichkeit, in mehreren Orientierungs-
einsätzen die gesamte Geschäftswelt unseres Hauses kennen
zu lernen. Dazu gehören die regelmäßige Personalauswahl
oder auch die Foto-Shootings. Und in Osteuropa brauchen wir
auch immer wieder Manpower."

Weil ich vermied, ihn anzuschauen, konnte ich normal sprechen.

„Ich habe in der letzten halben Stunde viel von Ihrem Unternehmen gehört. Ich weiß nun, dass Sie wirtschaftlich solide
dastehen, international ausgerichtet sind und Ihr Produktportfo-
lio acht Magazine umfasst. Was Sie aber bisher nicht angesprochen haben: Welche sind das denn? Welche davon kann
ich denn als ehemaliger Student kennen?"

Jetzt wurde ich von verdutzten Gesichtern angeschaut. Frau
Bohlen-Frisur ergriff wieder das Wort:

„Hat Sie der Personalvermittler nicht ins Bild gesetzt? Wir pro-
duzieren und vertreiben Erotikmagazine. Sexheftchen, die bei
Beate Uhse, Orion etc. zu kaufen sind. Wann können Sie bei
uns anfangen?"

Scheiße! Ich sollte Pornos verkaufen? Meinten die das ernst?
Wer war ich denn? Wenn ich nicht schon so lange auf Jobsuche wäre, ich wäre sofort aufgestanden. Dabei hatte sich doch
alles so gut angehört: Medienbranche, das Gehalt war ok, die
freie Arbeitszeiteinteilung im Außendienst – alles bestens! Warum haben sie die Katze erst jetzt aus dem Sack gelassen? Wie
sollte ich meinem Vater beibringen, dass ich Schmuddelhefte
verkaufe? Rational gedacht: Würde ich diesen Job annehmen,
ich wäre doch Zeit meines Lebens auf diese Branche festge-
legt. Das wollte ich nun wirklich nicht. Meine Kinder sollen später nicht sagen müssen, ihr Papa macht in Pornos. Wie lange
sollte indes diese Bewerbungsmühle noch weitergehen? Was
war schlimmer? Dieser Job, oder gar kein Job? Vielleicht sollte
ich auswandern. Einfach nur auswandern, und dieser verfahre-
nen Situation den Rücken zukehren. Wie wäre es denn mit
Brasilien? Das wäre bestimmt besser als weiterhin die Kasper-
figur für Personalabteilungen zu geben. Besser als jegliche
Arbeiten am unteren Ende der Skala. Die Firmen ließen bei der
aktuellen Arbeitsmarktlage ihre Muskeln spielen. Noch vor ei-

nem Jahr luden Unternehmen die Studenten auf Segeltörns ein, um sie für sich zu gewinnen. Diese Zeiten waren vorbei, das war mir klar geworden. Alle, die sich nicht willig in die Generation Lebenslauf einreihten, wurden nicht gebraucht.

20.10. Wirtschaftsflüchtling

Ich wurde in den Sitz gepresst, und die Maschine hob ab. Ziel: Rio. Nach ein paar Minuten Steigflug schwebte ich über Deutschland. Es war ein sonniger und warmer Herbsttag. Ich hatte klare Sicht auf das, was ich für ein halbes Jahr zurücklassen sollte. Ich begann, die Industrieschornsteine und die Hochhäuser der Wirtschaftsunternehmen zu zählen. Sie waren auch aus 10.000 Meter Höhe deutlich zu erkennen, diese für mich uneinnehmbaren Burgen der Wertschöpfung. Erst aus der Luft wurde deutlich, in welcher Masse sie das Bild unseres Landes prägten. An allen Ecken und Enden wurden per Kohlendioxidausstoß absatzfähige Produkte hergestellt und Geld an Schreibtischen hinter verspiegelten Fassaden vermehrt. Vieles hatte ich in den vergangenen Wochen probiert, um dort einzudringen, vieles gelernt und erlebt. Mir anzumaßen, ich hätte wirklich nichts unversucht gelassen, würde zu weit gehen. Schließlich hatte ich nicht, wie ich es im Geschichtsbuch auf einem Bild aus den 30er Jahren des vergangenen Jahrhunderts gesehen hatte, mich mit einem Schild „Nehme jede Arbeit an" um den Hals vor eine Fabrik, das Arbeitsamt oder den Reichstag gestellt. Dennoch, meine Bemühungen waren ernsthaft und im Vergleich zu Mitabsolventen mindestens ebenbürtig. Ich blickte herab auf dieses Wirtschaftssystem, dessen Regeln ich adaptiert, dessen Ausbildungsvoraussetzungen ich erfüllt hatte. Es funktionierte leider auch ohne mich, und so hatte ich beschlossen, zumindest auf Zeit abzuhauen.

Ein halbes Jahr Brasilien zu organisieren fiel deutlich leichter, als in Deutschland eine halbwegs akzeptable sozialversicherungspflichtige Beschäftigung zu bekommen. Ben hatte mir von diesem Backpackerhostel in einer Stadt mit dem deutschen Namen Blumenau erzählt, wo eine Hilfskraft gesucht wurde. Keine Bewerbungsmappe, kein gekünsteltes Anschreiben, kein tabellarischer Lebenslauf, kein mehrstufiges Auswahlverfahren – schlicht zwei E-Mails, ein Telefonanruf und ein einseitiger Arbeitsvertrag per Fax hatten alles geregelt. Ich würde in den nächsten sechs Monaten an einer Rezeption sitzen und westlichen Alternativtouristen Betten zuweisen. Erfahrungen sammeln ja, sich in Deutschland ausbeuten lassen nein.

Ein Koffer und ein Rucksack enthielten alles, was ich mitnahm. Ich war mir sicher, dass ich mit deutlich mehr zurückkommen würde: Erfahrungen und portugiesischen Sprachkenntnissen.

Meine Abwesenheit in Deutschland zu regeln war deutlich komplexer. Alles Persönliche aus meiner Wohnung hatte ich im Keller verstaut, um über das Wintersemester einen Erasmusstudenten als Zwischenmieter einzuquartieren. Um im deutschen Sozialsystem noch in irgend einer Form verhaftet zu bleiben, hatte ich mich für das Zweitstudium Meteorologie eingeschrieben und sogleich ein Auslandspraktikum angegeben. In Summe standen für das Organisatorische in Deutschland drei Dienstgänge, acht

E-Mails und fünf Telefonate zu Buche.

Getreu dem deutschen Motto „erst die Arbeit, dann das Vergnügen" hatte ich einst geplant, die Jobfrage zu klären und mich dann mit meinem Traum von Brasilien zu belohnen. Jetzt nutzte ich die Gunst der Stunde, meinen Traum vorzuziehen. Ich hatte nichts zu verlieren. Meine Qualifikation würde in einem halben Jahr kaum an Wert verlieren, und vielleicht würde dann die eine oder andere Festung ihre Zugbrücke für einen weiter gereiften jungen Mann herablassen.

Dreckfuhler

Geschätzter Leser, wenn Sie oder wenn Du einen Schreib- oder sonstigen Fehler entdeckt haben solltest, so möchte ich gratulieren. Dieses Ereignis soll selten bleiben. Trotz fleißigen Konsums der Trilogie „Der Dativ ist dem Genetiv sein Tod" und sorgfältiger Unterstützung meiner Korrekturleser möchte ich dieses hoffentlich seltene Ereignis nicht vollständig ausschließen. Deshalb schlage ich vor, dass sich jeder – wie beim Anblick einer Sternschnuppe – beim Entdecken eines Fehlers etwas wünschen soll.

Who feels love – Ein Roman von Michael Schwarz
Erschienen bei Books on Demand

Eigentlich wollte Matthias, der sich lieber Matt nennen läßt, weil
sich das cooler anhört, mit der Aufnahme seines Studiums das
Leben in vollen Zügen zu genießen beginnen: Sex, Drugs and
Rock `n` Roll bis der Arzt kommt! Doch Pustekuchen: Die Studenten sind biederer als seine Eltern und an seiner technischen
Universität sind fast nur Männer. Zudem droht seinem Fußball-
verein der Abstieg, und er will es nicht wahrhaben. Günde genug, um zu verzweifeln? Nein! Vielmehr der Anlaß, regelmäßig
mit seinen Kumpels um die Häuser zu ziehen und die Umwelt
mit seinem messerscharfen Humor auseinanderzunehmen. Und
dann taucht doch noch eine auf, die das Zeug zur Traumfrau
hat...

„Ein Buch mit Wiedererkennungseffekt für Karlsruher Jung-
akademiker." (Badische Neueste Nachrichten, Januar 2003)

„Literarischer Streifzug durch ein Karlsruher Studentenleben."
(Unikath 2003)

Leseproben unter www.mybackpages.de.